illustration KOTOKO MIROKU
JN265845
「離して下さいっ」

「洗ってあげるから、おとなしくしてて」

「自分で洗えます！」

「本当に？」

「ひゃっ」

脚の付け根に、指が触れた。

放課後は♥フィアンセ

Wedding after school

高峰あいす
AISU TAKAMINE presents

KAIOHSHA ガッシュ文庫

イラスト★みろくことこ

CONTENTS

★本作品の内容はすべてフィクションです。
実在の人物・地名・団体・事件などとは一切関係ありません。

1

窓を開けると、初夏の心地よい風がふわりと室内に吹き込んでくる。

――よし！

柔らかな茶色の髪を強い風で乱されないように三角巾で押さえ、ひなたは気合いを入れ声を張り上げた。

「おじいちゃん！　いいお天気だから、掃除しようね！」

年季の入ったエプロン、両手にははたきと雑巾という出で立ちで気合いを入れる咲月《さづき》ひなたは、ぴかぴかの高校一年生だ。

「おじいちゃん！　聞いてるの？」

「あー……ああ、そうじゃのう……」

書斎兼、物置と化した部屋の中で何やら探し物をしていた祖父の幸蔵《こうぞう》が、気まずそうに顔を上げる。

「それにしてもひなたは、エプロンが似合うのう。これならいつ嫁に行っても大丈夫じゃな」

「何言ってるの！　僕は男なんだから、お嫁になんて行くわけないでしょう！」

「褒めたのに、何故《なぜ》怒る」

本気で悪気がないらしく、幸蔵は不思議そうに首を傾げている。日常茶飯事の言い合いなので聞き流してしまえばいいのだと頭では分かっているが、どうもひなたはそれができない。童顔で小柄なひなたは、何故か男ばかりに告白されるのだ。それがまだ男役ならマシだけれど、相手は必ずひなたに『女役』を求めてくるのである。

更に今年から幸蔵の勧めで男子校に通う羽目になり、ひなたは憂鬱《ゆううつ》な日々を過ごしているのだ。

――おじいちゃんてば、いつも変なこと言うんだから。

すっかり機嫌を損ねたひなたへ、更に幸蔵が追い打ちを掛ける。

「そうやって怒った顔は、若い頃のばあさんにそっくりじゃな」

写真でしか知らない祖母に似ていると言われて、悪い気はしない。事実輪郭《りんかく》や目鼻の形も似ていると、ひなたも思う。けれどその祖母は、当時珍しいファッションモデルとして海外でも有名だったと聞いているから、気持ちは複雑だ。

「来週は骨董市《こっとういち》に行くんでしょう？　またがらくたが増える前に、ちょっとでも整理しないと。いくらこの家が広くたって、僕たちの住むところがなくなっちゃうよ」

「がらくたとは酷《ひど》い……老い先短い年寄りの趣味なんだから、もう少し寛容になっても……」

ハンカチを出してわざとらしく目元を拭う幸蔵に、ひなたは溜息を吐く。

「嘘泣きしても駄目」

「……バレたか」

指摘すると幸蔵は、あっさり認めて舌を出す。負けじとひなたも「べー」とやって、幸蔵の手にはたきを握らせた。

「容赦のない孫じゃ」

「強気でいかないと、おじいちゃんの孫は務まらないからね。ほら、さっさと掃除しちゃおう」

両親を早くに亡くしたひなたは、もう何年もこの家で祖父の幸蔵と二人暮らしをしている。

週に二回、通いのお手伝いさんが来てくれるだけで、他に訪問者は滅多にない。

けれどひなたは、静かで平和な生活に十分満足していた。

美術品の収集が趣味の幸蔵は歳の割に行動的で一人で旅行に出かけては、ひなたには価値の分からない骨董品を大量に買い込んでくる。

月に一度は大掃除を慣行しているけれど、それなりに広いこの家は、既に半分が骨董品で埋め尽くされていた。

「お手伝いの川野《かわの》さん、応援で呼べばよかったな……それにしてもコレ、ヤカンにしか見えないんだけどな」

ひなたは本棚の端へ無造作に置かれている、古びたヤカンのような物を手にとって首を傾げる。今は年金と預金の利息で何不自由なく暮らしているが、元々祖父は良家のお坊ちゃんで、美術品に囲まれて育ったのだと聞かされていた。

しかし買い求めてくる物はがらくたばかりで、中には一体何に使うのかすらも分からない代物《しろもの》まである始末。せめてひなたの目にも価値があると分かる物を買ってきてくれれば、もう少し寛容にもなれるが、欠けた茶碗だの取っ手のない桐箪笥《きりたんす》などを集められても、ゴミばかり増えて困るだけだ。

そんな事を考えつつも、ひなたは笑顔を浮かべる。がらくたが増えていくということは、祖父が元気である証拠だからだ。

――でも、住む所がなくなったら、大変だもんね。

ひなたの部屋まで浸食しかねない骨董品を見渡して、気合いを入れ直す。

「さーてと、始めるよ!」

しかし、幸蔵の返事はない。

掃除となると幸蔵は、ひなたの目を盗んでこれまでも何度か逃亡した経歴がある。なので慌てて探すと、山と積まれた古雑誌の裏側でしゃがみ込んでいる幸蔵を発見した。

「逃げないでよね！　僕一人で掃除させる気なの？……おじいちゃん？」

「うう……ひな…た…」

様子がおかしいと、ひなたにも一目で分かった。

ここ数年、幸蔵は高血圧と診断されており、最近では目眩《めまい》が酷くなってきている。急に体調を崩す幸蔵を目の当《ま》たりにしたのは初めてではないので、ひなたは落ち着いて対処の行動に移った。

「病院に電話するね！」

ひなたはすぐ幸蔵の呼吸が楽になるように寝かせて、かかりつけになっている近所の病院へ電話をしようとした。

しかし苦しげな声が、背後から聞こえてくる。

「…いつもの発作と…違う……」

――え……

幸蔵の言葉に、一瞬ひなたは青ざめた。

けれどここでパニックになれば事態は悪くなるだけなので、冷静でいられるように深呼吸を繰り返す。

ひなたは受話器を取ると近所の病院ではなく、１１９番を押した。そして住所と幸蔵の容態を、できるだけ詳しく伝える。聞き間違いがないか、繰り返し確認してくる救急隊員の声にさえ、苛立ちを覚えてしまう。

「おじいちゃんっ、救急車呼んだから頑張って！」

どうにか電話を終えたひなたは、幸蔵の側へ駆け寄り、その手を握って励ます。

苦しげに呻《うめ》いていた幸蔵は、ひなたの声に気付いて閉じていた目蓋《まぶた》を開けた。

「ひなた……お前には、言っておかねばならん事がある……」

「そんなの後で聞くから」

乱れた息で告げる幸蔵をたしなめるが、祖父は構わず話し続ける。

「…いいか……良く聞きなさい……」

一体何を言い出すのか皆目《かいもく》見当の付かないひなたは、ごくりと唾を飲み込む。

「お前には、婚約者がいるんじゃよ……」

「ええーっ」

『何故そんな大切なことを、今まで隠していたのか』とか、『こんな時に言わなくても』なんて言葉がひなたの頭の中を駆けめぐる。

だが苦しんでいる幸蔵を責める訳にもいかず、ただおろおろとするばかりだ。

「わしに、もしもの事があったら……婚約者の所へ行くんじゃぞ……その時は、わしのコレクションも忘れずに持って行け……」

「もう喋らないで！　おとなしくして！」

ひなたを気遣ってくれているのか何なのか、幸蔵は勝手な事をしゃべる。

結局幸蔵は救急隊員が到着するまでの間、苦しみながらも自分が揃えた骨董品の心配ばかりをし続けていた。


搬送先の病院で、幸蔵は『動脈硬化《どうみゃくこうか》が原因の、心筋症《しんきんしょう》』と診断された。

医者から説明を聞きうろたえるひなたの隣で、ベッドに横たわりながらも会話ができるまでに回復した幸蔵は、早速わがままを言い始めたのである。

『病院を移りたい』と。

幸蔵が言うには、以前から親しくしている友人が療養所を兼ねた病院を経営しており、何かの時には来るように言われていたらしい。たまたま搬送された救急病院のベッドが少なかった事と、しばらくは入院して経過を見た方が安全と診断されていたので、幸蔵の我が儘はあっさり通ってしまった。

それから二人は救急車で、自宅から一時間以上も離れた黒正《こくしょう》病院へ送ってもらい、手続きやら何やらを慌ただしく済ませた頃にはすっかり夕方になっていた。

やっと一息ついたひなたは、病室に置かれたパイプ椅子を持ってきて、ベッドの横に座る。

「おじいちゃんが、こんな大きな病院の院長さんと知り合いなんて、全然知らなかったよ」

「言っとらんかったか？　それとひなた、わしの友人は院長じゃなくて、黒正グループの会長じゃ」

黒正グループと言えば、病院経営から不動産、貿易まで手広く事業展開している企業だ。幸蔵もそれなりの資産家の出だが、今は先祖の残した不動産を運用し、生活に困らない程度の資金があるだけである。

だから何故、幸蔵がそんな凄い人と知り合いなのか、ひなたにはさっぱり分からない。

「若い頃、美術館めぐりをしとった時に知り合ったんじゃよ。それから度々骨董市で出会うようになって、今は大親友じゃ」

——……骨董集めの趣味も、役に立つ時があるんだ。

受付で幸蔵の名を告げると、病院側はすぐに個室を用意してくれただけでなく、入院時に必要な日用品まで揃えてくれたのだ。

そして主治医もあっと言う間に決まり、今は幸蔵の友人が挨拶《あいさつ》に来るのを待っている所である。

立派な設備と広い敷地を兼ね揃えた黒正病院は、まるでホテルのような外観だ。スタッフの対応も良く、病院の事など全然分からないひなたでもすぐに好感が持てた。

これなら祖父を預けても、問題はないだろう。

——でも、おじいちゃん一人にするのは不安だよ。

そんなひなたの心中を見透かしたように、幸蔵が口を開いた。

「わしの事は心配ないから、付き添いはいらんぞ。手続きが終わったら、早く家に帰りなさい」

きっぱりと言い切られひなたは戸惑ったが、すぐに言い返す。

「おじいちゃんを一人にするなんて、できるわけないでしょう」

「そんなことを言って、実はお前が寂しいだけじゃろう」

「えっ……そんな事、ないよ」

図星を刺され、ひなたは歯切れが悪くなる。

しかし、幸蔵の容態が心配なのも事実だ。

「それに、学校はどうするつもりじゃ？」

「転校すればいいだけでしょう。僕勉強はちゃんとやってるから、編入試験で困る事ってないと思うけど」

「せっかく入った高校なんじゃから、転校する必要なぞない！」

これにはひなたも、つい頬を膨らませてしまう。

現在ひなたが通っている華翠《かすい》学院は、幸蔵が『いい学校だから入りなさい』と、勧めてくれた学校だ。

歴史も古く父が通っていたという話も聞いていたので、ひなたはよく調べもせずに受験してしまったのである。

だが華翠学院は、ひなたが最も行きたくなかった男子校だった。

以前から男子生徒に告白される事のあったひなただが、華翠学院に入学してからは更に酷くなっている。

その上華翠学院には芸能人やお金持ちの子供が多く通っており、その少し浮世離れした感覚のせいか、同性同士のカップルが普通に成立しているのだ。なので友達はできたけれど、皆ひなたが告白をされても真剣に受け止めてくれず、相談しても本気で取り合ってくれない。

ならばいっそ、入院を機会に転校をと考えてみたものの、幸蔵は頷いてくれそうもなかった。

「でも、寂しい訳じゃないけど……一人暮らしは……」

骨董品が所狭しと置かれていて使える部屋は少ないが、一人で住むとなるとあの家は広過ぎる。

すると幸蔵は、笑顔でぽんと両手を鳴らす。

「だったら、婚約者と一緒に暮らせばいいじゃろ」

「はあ？」

また勝手な事を言いだした幸蔵に、ひなたは呆れてしまう。

「先日、旅行先から帰国したそうじゃ。向こうもまだこっちで住む家を決めていないと聞いておるから、ちょうどいい」

一人で話を進めて納得するのは、幸蔵の悪い癖《くせ》だ。

——まったくもう……。

たしなめて意見を変えさせる事もできるが、それには多大な労力を必要とする。

そして言い争っても必ずどうにかできるとも限らないと、ひなたは身をもって知っていた。

「だからって、一緒に住んでくれるとは限らないでしょ！」

「大丈夫じゃ！」

年甲斐もなく、幸蔵が口を尖《とが》らせる。

いくら婚約者だと言っても、いきなり同居話を持ち出して頷《うなず》く訳はないだろう。

大体婚約者が居るという話も、今日聞いたばかりなのだ。

しばらく睨《にら》み合ったが埒《らち》があかないので、ひなたは一旦引く事にする。

「その話だけど、一体どういう事？……僕、相手の顔も名前も知らないんだよ！」

一番肝心な事を聞いていないと訴えるひなたに、幸蔵が笑顔で返す。

「安心しなさい、いい人だから」

「あのねおじいちゃん、僕はその人の事なーんにも知らないの。だからいい人ってだけで、好きになるかどうか分からないよ」

「わしの目に狂いはないから、安心せい。わしから見ても、男前のよい青年じゃからな」

「青年……？」

祖父の言葉に、ひなたは首を傾げる。男である自分の婚約相手が、何故同性なのか理解できない。

「どういう事?」

「そうそう、お前の婚約者はこれから挨拶に来る吉勝《よしかつ》の孫じゃから、粗相《そそう》のないようにするんじゃぞ」

話が噛み合わないのは、決して幸蔵がボケてしまったからではない。勝手に納得して、自分の中で結論が出ているので、説明は不用だと思い込んでいるのだ。

「ちょっと待ってよ…」

「数年前に会ったきりだが、どこに出しても恥ずかしくない好青年になっとる筈じゃ」

ひなたの言葉を無視して話し続ける幸蔵に、堪《こら》えていた何かがぷつんと切れる。

「……男の人と婚約なんて、絶対に嫌だからね! おじいちゃんのばかっ」

我慢できなくなったひなたは、病室を飛び出した。

ひなたは勢いのまま病院のロビーを走り出て、裏手に広がる公園へと向かった。

療養に重点を置いてる黒正病院は、散策できる場所が多く取られている。

――おじいちゃんてば、どうしてあんなに勝手なんだろう……。

走りながら、ひなたは考える。

自分のためを思っての行動だとは分かっているけれど、せめて事前にひなたの意見を聞くくらいはして欲しい。

「あーあ、全くもう……あれ?」

気が付くとひなたは、薔薇を中心にした花々が咲き乱れている庭園に一人立っていた。辺りを見回しても、散策を楽しむ患者や付き添いの看護師達の姿はない。病棟も木々の葉に隠れてよく見えず、自分の居る位置が今一つ掴めない。

――ここどこだろう?

病院の敷地内だとは分かるが、見知らぬ場所に一人きりという状況に、不安になってくる。

けれど怒って飛び出した手前すぐに戻るのも癪《しゃく》なので、ひなたは構わず奥へと進む。すると余計迷い込んでしまったらしく、ついに病棟すらも見えなくなった。

木々の間を風が吹き抜ける音だけが、耳に響く。

「ちょっと休もう！」

空元気を出して叫んでみても、返事を返してくれる相手などいない。

ベンチを見つけて腰を下ろすと、気持ちが落ち着いたせいか、急に不安と寂しさが込み上げてくる。

――……おじいちゃん、元気になるよね。そりゃ勝手に婚約の話を進めたり、わがままなとこもあるけど…でも、そうするのはおじいちゃんなりに僕のことを一番に心配してくれてるからだって、分かってる。もしおじいちゃんがいなくなっちゃったら僕……。

ふるふると首を振って、頭に浮かんだ嫌な考えを追い出そうとする。

「やだな！　そんな事、あるわけないのに！　……だってもう、おしゃべりできるくらい元気になってるんだから、絶対に平気だって！」

けれど幸蔵が倒れた際に見た苦しそうな表情が、今も脳裏に焼き付いて離れてくれない。

持ち直したとはいえ、暫くは安静を言い渡されており、万が一の事態がないとは言い切れないのだ。

祖父の居ない生活など、考えられない。

不安で胸が苦しくなったひなたは、泣き出してしまう。

「……うん……おじいちゃん……」

「どうしたんだい？」

突然頭上から聞こえてきた声に驚いて顔を上げると、一人の青年がひなたを見つめていた。

「何か悲しい事でもあったのかい？　可愛い顔が台無しだよ」

青年はひなたが泣いてると分かると、着ていたジャケットからハンカチを取り出し、ひなたの頬をそっと拭ってくれる。

見ず知らずの人にそんな事をされて驚いたけれど、余りに自然な仕草《しぐさ》にひなたはただされるままになる。呆然としているひなたを安心させようとしてか、青年は微笑《ほほえ》みながら話し始めた。

「散歩をしてたら、声が聞こえてね」

――うわっ、聞こえちゃってたんだ。

少し恥ずかしくなって、ひなたは頬を赤らめる。

「こんな奥の方まで来る人は、めったにいないからね。迷子だと大変だと思って来てみたんだ」

実際、迷子も同然だったので、ひなたは何と言って良いか迷ってしまい、結局言葉を返

せない。

だが青年は黙ったままのひなたに気を悪くした様子もなく、涙を拭《ふ》き終えると元気づけるように軽く肩を叩いてくれた。

「これでよし。今夜は目元を冷やして寝るんだよ、そうしないと明日目蓋が腫れて大変な事になるからね」

「……はい……ありがとうございます」

やっと我に返ったひなたは、慌ててお礼を言う。

「うん。泣き顔よりも、そうやって元気よくしている方がずっと可愛いよ」

『可愛い』という形容詞は、ひなたが最も嫌う言葉だ。けれど彼に言われても、何故か嫌な気分にはならない。

——どうしてだろう?

内心小首を傾げるひなたに、青年が意外な事を尋ねてくる。

「隣に座ってもいいかな?」

「ええ、どうぞ」

ベンチに腰を下ろした青年を、ひなたは改めて見つめた。

ひなたの通う華翠学院には芸能科もあるので、モデルや芸能人は見慣れている。けれど今ひなたの隣に座っている青年は、彼等よりもずっと格好よかった。

同性に興味はないと自負しているひなたでさえ、見つめていると胸がドキドキしてくる程である。

「もう、涙は止まった?」

話しかけられ、ひなたは慌てて頷く。

「あ…はい……えっと…」

「鷹矢《たかや》、と呼んでくれればいいよ」

「鷹矢さんですね。僕、ひなたって言います」

気さくな雰囲気の鷹矢に、ひなたはやっと落ち着きを取り戻し、はにかんだ笑顔で名前を告げた。

一瞬鷹矢が考え込むように眉を顰《ひそ》めたが、すぐ優しい笑顔に戻る。

「ひなた…君の笑顔にぴったりの名前だね」

聞いている方が恥ずかしくなるような台詞《せりふ》をさらりと言う鷹矢に、ひなたは頬を染める。

――わっ。なんで僕、ドキドキしてるんだろ。

本気なのか茶化しているのか分からなくて鷹矢に問おうとしたが、それより早く彼が口を開く。

「よければ、泣いていた訳を聞かせてくれないかな。話した方が、気持ちも落ち着くと思うよ」

言われて、ひなたの気持ちは揺らいだ。

けれど個人的な悩みを話しても、彼は楽しくないだろう。

「無理にとは言わないよ。ごめんね、いきなりプライベートに踏み込むような事を言ってしまって……」

「そんな事ないです。その……初対面の人に、いきなり悩み事を話すなんて失礼かなって思ったから」

「聞き出そうとしている私の方が、もっと失礼じゃないかな？」

「鷹矢さんは失礼じゃないですよ！　優しくて、いい人です！　涙拭いてくれたし、悩み事の相談に乗ってくれるし！」

つい力説してしまうと、鷹矢が笑みを深くした。

「ひなたは、いい子だね」

もし同じ台詞を別の人から言われたら、子供扱いするような物言いにひなたは怒っていただろう。

けれど何故か鷹矢の言葉は、素直に受け止める事ができる。

——何だか、不思議。

包み込むような優しい眼差しを向けられ、彼になら頼っても大丈夫な気がしてくる。

「……じゃあ、お話してもいいですか？」

「ああ」

今まで冷静に対応できていたが、やはり幸蔵が倒れた事で気持ちが弱くなっていたらしい。

鷹矢に促され、ひなたは堰《せき》を切ったように話し始めた。

「今朝、おじいちゃんが倒れたんです。これまでも何回か軽い発作はあったんだけど、すぐに治まったから今回も同じだろうなって思って……でもおじいちゃん全然落ち着かなくて、救急車を呼んで病院に行ったら、『動脈硬化』とか『心筋症』なんて難しいこと沢山言われて……」

「大変だったね」

ひなたを励《はげ》ますように、鷹矢がそっと手を握ってくれる。

「前からずっと、高血圧はいろんな病気に繋がるから気を付けなさいって言われてたのに…言うこと全然聞いてくれないんだから！」

話すうちに次第にひなたは、悲しみよりも怒りの感情が強くなってくる。

幸蔵の容態が心配なのは事実だが、それを招いたのは本人だとひなたも良く分かっているからだ。

――おじいちゃんのばかっ。

食事の支度は二人で当番制にしていたのだけれど、幸蔵は自分の好きな肉料理しか作らず、更に歳の割に甘い物も好きで間食《かんしょく》が多かった。いくらひなたが注意しても、何だかんだと理由を付けて聞く耳を持たなかったのである。

「信じられないでしょう？　おじいちゃんにもしもの事があったら、僕ひとりぼっちになるのに、健康の事全然考えてくれないんですよ！　おじいちゃん孝行できるようになるまで、元気でいて欲しいのに、自分から病気になるような真似して！」

ふと鷹矢を見ると、彼の眉間に皺が寄っている。やはりこんな話はしない方がよかったと思い、ひなたは慌てて謝罪した。

「ごめんなさい。やっぱり、こんな話楽しくないですよね……」

「ひなた」

「はい？　……えっ」

彼の指が頬を撫でる。濡れた感触にひなたは、そこで初めて自分がまた泣いていたのだと気が付いた。

「もう一人で抱え込まないでいいんだよ、私が君の側にいるから」

頬を伝う涙を丁寧に拭ってから、鷹矢が真摯《しんし》な表情で告げる。

――鷹矢さん……。

泣いてる自分を宥めるための言葉ではないと、ひなたにもすぐ理解できた。初対面の自分にここまで真剣に向き合ってくれて、心から心配してくれる鷹矢にひなたは頬が熱くなるのを感じる。

再び涙が込み上げてきそうになったけれど、泣いたら鷹矢が困ると思い、ひなたは両手を握り締めてぐっと堪える。すると鷹矢は沈みがちな空気を切り替えるように、少し意地悪な微笑みを浮かべて口を開く。

「お年寄りは、頑固《がんこ》な方が多いからね。でも生活の乱れは、入院で大分改善すると思うよ。ここのスタッフは皆優しいけれど、言いつけを守らない患者さんには厳しいからね。私からも、看護師さんや担当の医師に一言いっておくよ」

鷹矢の優しさが分かるから、ひなたも目尻に残っていた涙を自分で拭くと笑顔で頷いた。

「じゃあびしばし指導して貰《もら》うように、僕からも頼んでおかなくちゃ。おじいちゃんはすっごくわがままで、勝手だから……そうそう！　僕の承諾もなしに、婚約者も決めちゃったんですよ！」

「婚約者？」

勢いで口を滑らせてしまったが、この際なので全て吐き出してしまおうとひなたは考える。

――こんな恥ずかしいこと友達に話したら、あっと言う間に全校中に言いふらされちゃうもんね。

「はい。今日まで僕、そんな相手が居るなんて全然知らされてなかったんですよ。おまけに名前も顔も分からないんです」

「おじいさんは、どうしてひなたに教えてくれなかったんだい？」

「……悪気はないんです。多分『自分が気に入ったから、ひなたも気に入る』って勝手に思い込んでて……そうなるとおじいちゃん自己完結するから、肝心なこと言い忘れるっていうか……でも、だからって許せる事じゃないですけど！　大体相手の人って、男なんですよ！　本当に信じられない！　僕だって男なのに！」

肩を震わせて訴えるひなたに、鷹矢も微苦笑《びくしょう》を浮かべて頷く。

「それは、酷いね」

「相手の人もおかしいですよね！　僕に会ったこともないのに、婚約するなんて。絶対ありえないですよ」

怒りの矛先《ほこさき》は幸蔵だけでなく、名前も知らない婚約者にも向けられる。

「男っていうのも問題だけど、それ以前に性格だとか、大切な事を知らないのに簡単に承諾しちゃうような人なんて、変な人に決まってます」

「そうかな？」

「そうですよ！」

自分でもかなり感情的になってしまったと気付いて、ひなたは一度口をつぐみ鷹矢を見遣る。

しかし鷹矢は呆れた様子もなく、真面目に耳を傾けてくれていた。

――婚約者が、鷹矢さんみたいな人だったらいいのにな。

彼のように落ち着きがあり、こんな愚痴《ぐち》でも嫌な顔一つせず真剣に聞いてくれる人だったら、少しは気持ちも傾くかもしれない。しかし幸蔵を疑う訳ではないが、会ったこともない相手とあっさり婚約を決めてしまうような人を好きになれるとは、ひなたはとても思えなかった。

「でも、会ってみたら、いい人かもしれないよ」

「そうでしょうか？」

「少なくとも、私がひなたの婚約者だったら喜んで受けるよ。こんなに可愛くて、家族思いの君と一緒になれるなら一生大切にするね」

――そりゃ僕だって、相手が鷹矢さんだったらいいけど…って鷹矢さんも男だよ！

僕、何考えてるの！

なだめる言葉に、ひなたは素直に頷けない。

とりあえず溜まっていた鬱憤《うっぷん》を吐き出して、いくらか気持ちは楽になった。

「本当に、ありがとうございました。僕、勢いで色々変な話しちゃって……不快になってたら、ごめんなさい」

「不快になんてなっていないよ。こちらこそ、ひなたの意見が聞けて参考になったよ。ありがとう」

「へ？」

言う意味が分からず小首を傾げると、鷹矢が意味深《いみしん》な微笑みを返す。それがたまらなく格好よくて、ひなたは一瞬にして耳まで赤くなってしまう。

「えっと……そうだ！　鷹矢さんは、恋人とかいらっしゃるんですか？」

うっかり見とれそうになったひなたは、慌てて鷹矢に話題を振ってみた。

「ああ」

こんなに格好いい人なのだから、恋人がいるのは当たり前だ。返された返事に納得しつつ、少しだけ落胆もする。

だがすぐひなたは、何故同性の鷹矢に対して見とれてしまったり、返答を聞いて落胆したりするのか分からず、内心首を傾げる。

答えを探してみようとしたのだが、その前に鷹矢から爆弾発言が飛び出して、自分の些《さ》細《さい》な疑問などあっさり消し飛んだ。

「実は私も婚約者がいてね、まだ写真でしか見たことがないんだ」

「えーっ」

全く同じ境遇に、ひなたは驚きを隠せない。

「……その人と、結婚するんですか?」

「すると思うよ。相手が私を、嫌いでなければね」

「どんな人かも分からないのに?」

「んー……大体は分かるかな」

先程から、鷹矢の言葉は謎だらけだ。

「どうして分かるんですか?」

けれどひなたの問いかけには答えず、鷹矢はベンチから立ち上がる。

「暗くなってきたし、そろそろ病院に戻ろうか。きっとひなたのおじいさんも、心配しているよ」

差し出された手に右手を重ねると、鷹矢はひなたの手を壊れ物でも扱うように優しく握る。

――男の人と手を繋ぐなんて、気持ち悪いって思ってたのに……。

何故か鷹矢に触れられても、嫌悪は感じない。

ごく自然にひなたは鷹矢に連れられて、歩き始める。

「病院の場所、分かりますか」

「大丈夫だよ。ここは私の庭みたいなものだから」

「鷹矢さんも、ご家族が病気なんですか？」

「いや……私はいきなり呼び出されてね……」

話から察するに、鷹矢はこの広い敷地をきちんと把握しているようだ。

だとすれば、長期の入院患者の家族であるか、あるいは病院の関係者である可能性が高い。

ならば隠す事ではない筈なのに、どういう訳か鷹矢は曖昧《あいまい》に濁すばかりだ。

――秘密持ってる人って、何か気になるんだよね。

謎めいた鷹矢の素性《すじょう》に、ひなたは興味を覚える。

しかし問おうとすると他愛のない話題を振られ、聞くタイミングを失ってしまう。

結局ひなたは、鷹矢と共に雑談に興《きょう》じながら、肝心な事は何一つ聞き出せず幸蔵の入院している病棟まで戻ってきた。

鷹矢と手を繋いだまま、ひなたは病院のロビーに入る。するとカウンターで受付の事務員と話し込んでいたスーツ姿の老人が、二人に気付いて駆け寄ってくる。

「何だ、鷹矢が一緒だったのか。君がひなた君だね？　初めまして、黒正です」

孫ほども歳の離れているひなたに、黒正がにこやかに名を告げて頭を下げた。黒正は未だ現役で働いているせいか、吉勝は幸蔵と違い動きも機敏で背筋もしゃっきりとしている。

「はい。庭園で偶然見かけたので、少し話をしてきました」

「ご迷惑を掛けて、すみませんでした」

挨拶もせず病室を飛び出したひなたを心配して、動けない幸蔵の代わりに探し回っていてくれたのだろう。

ただでさえ迷惑をかけているのに、余計な心配までさせてしまい、ひなたは申し訳なくなって肩を落とす。

「いや、構わないよ。いきなり婚約相手が同性だと知らされたら、驚くのは当然だからね。幸蔵には、私から少し説教をしておいたよ。大切な孫なんだったら、せめて説明くらいはしておけとね」

幸いだったのは、黒正が幸蔵の性格を分かっていてくれた事だ。笑って許してくれた事でほっとしたが、ひなたは内心首を傾げる。

――でも黒正さん、どうして鷹矢さんの名前を、知ってるんだろう？　親戚かな？

そんなひなたの疑問は、あっさりと解消される。

黒正はひなたと鷹矢を交互に見つめ、にっこりと笑った。

「早速打ち解けたみたいで良かった、これで幸蔵も一安心だな」

「へ？」

「こちらがお前の婚約者の、咲月《さづき》ひなた君だ」

「やっぱり、そうでしたか……」

何故か鷹矢は納得しているが、ひなたにしてみれば青天《せいてん》の霹靂《へきれき》である。

「ひなた君、孫の鷹矢はどうにもマイペースな子だが、性格はいいと太鼓判《たいこばん》を押すよ。何かあったら、すぐ私に言いなさい、叱ってあげるからね」

「あ、いえ……そんな……」

傍らの鷹矢を見上げると、彼は申し訳なさそうに微苦笑を浮かべた。

「名前を聞いた時、そうかなと思ったんだが……聞くタイミングがなくてね。騙すつもりはなかったんだよ」

つまり鷹矢は、ひなたが自分の婚約者だと、とっくに気が付いていていたのだ。愚痴と称したひなたの暴言も、自分に向けられたものとして聞いていた事になる。

「ごめんね」

「べ、別に怒ってないですよ！」

謝るのは自分の方だとひなたは思うが、あれだけの啖呵《たんか》を切ってしまった手前、変な意地を張ってしまう。

――どうしよう……。

気にしていないふうを装うので、精一杯だ。

気まずい空気が流れるが、二人のやりとりなど知らない黒正は、笑顔で話を進めていく。

「そうだ、さっき幸蔵と話をしていたんだが、ひなた君は自宅からだと学校へは少し遠いらしいね？」

「あ、はい……」

「鷹矢、華翠学院の近くにうちのマンションがあるから、そこに住みなさい。あそこなら広いし、二人で住んでも十分だろう」

「お爺様、それは私にひなた君と同居する事を勧めているという事ですか？」

「婚約したのだから、一緒に暮らして互いの事を良く知り合うのは必要だろう。それに幸蔵も、是非にと言っていたしね。何か不満でもあるのか？」

「いえ、私は喜んでお受けします」

信じられないほどあっさり同居を決めた鷹矢に、ひなたはうろたえる事しかできない。

——嘘、こんな簡単に決めちゃっていいの？

「じゃあこれから、荷物の準備をして来るから少し待ってて。今病棟の裏にある宿舎に、臨時で住まわせてもらっているんだ。だからすぐに戻るよ」

「でもっ」

「そうだ、出る前にひなたのおじいさんに挨拶をしないとね。それからマンションへ向かおう」

そう言い残して、鷹矢は走って行ってしまう。

残されたひなたは、一人呆然と立ち尽くす。

「さてと、私達は病室で待つとするか」

「あの黒正さん、お気持ちは嬉しいんですが……急に同居なんて、迷惑ですよ。僕は家に帰りますから……それに僕は男で……」

「そんな事はないよ。どちらかといえば、こちらも遊ばせておくマンションが埋まって助かるんだ。それと私は君みたいに可愛らしい子が家族になるなら、性別など気にしないよ」

黒正はひなたを気遣ってか、次々によい条件を提示する。

「家具は備え付けのものが入っているから、今日からでもすぐに住めるよ。家賃はこれまで私が幸蔵に借りがあるから、気にしなくても大丈夫だ。他に何か、不安な事はあるかい？気になる事があったら、何でも言いなさい」

「……その…鷹矢さんは、本当に僕と同居して大丈夫なんでしょうか？」

いくら親族同士が合意したとはいえ、ひなたと鷹矢は初対面だ。義理で同居を断れないのだとしたら、それこそ申し訳ない。

「鷹矢はこの数年、世界中を放浪していてね、久しぶりに戻ってきたんだよ。どうもうちの空気に馴染めないらしくてね」

「はあ……」

「私的な事を頼むようで申し訳ないが、君と同居する事で少しでも協調性が身に付けばと思ったのは事実だ。それと、婚約者を意識する事で、将来の事もしっかり見据えて計画をもった人生を歩んで欲しいんだよ」

「そんな大それた事、僕には無理ですよ！」

たかが普通の高校生が、将来を有望視されている御曹司《おんぞうし》の将来を左右する立場に立つなんて余りに無謀すぎるし、自分ができるとも思えない。

「私の言い方が大げさすぎたね。すまない、そう構えなくていいんだよ。わがままな鷹矢と対等に話をしてくれれば、それだけでいいんだ。その点ひなた君なら、ちゃんと自己主張もできるし大丈夫だよ」

言外《げんがい》に『あの幸蔵と暮らしていたのなら平気』と言われている気がするのは、気のせいではないだろう。

上手く言いくるめられ、鷹矢の再教育に使われるような気がしないでもないが、ともかくひなたに選択肢がないという事だけは事実だ。

「……分かりました……」

渋々承諾すると、黒正が満面の笑みで頷く。

――……全部、おじいちゃんが悪いんだ…おじいちゃんのばか。

これからの生活に一抹《いちまつ》の不安を覚えたが、今更ひなたにはどうする事もできなかった。

『いい加減、会社を継ぐ準備を始めなさい』と、祖父に諭されて鷹矢《たかや》が日本に戻ってきたのは、つい二週間ほど前の事だ。

黒正グループを統括する吉勝《よしかつ》を祖父に持った鷹矢は、いずれは会社を継ぐのだと周囲からも期待されて育った。

しかし気詰まりな生活に嫌気が差して、高校時代にワシントンへ留学したのを機に、各国を転々とする生活を送っていたのである。

「まさかこんな事になるとはな」

予想もしていなかった流れだが、嫌な気はしない。

親族の中には鷹矢が単に『逃げただけ』と見る者もいるが、実際は大学にも通い社会勉強のために黒正の名は出さず、会社勤めも経験してきた。それを祖父は承知していたので、鷹矢を呼び戻したのである。

どちらにしろ、そろそろ日本に戻り社内での基盤を作らなければならないとは思っていたので、鷹矢は祖父の言葉に従った。だが、婚約者との対面までは、全く予想していなかった。

「ひなた、か……すっかり、勘違いをしていたな」

荷物を揃えながら、鷹矢は幸蔵と出会った日を思い出す。

留学先のワシントンで鷹矢は偶然、スリにあって立ち往生していた幸蔵を助けたのである。

一人で古道具市を見物に来ていた幸蔵は、財布からパスポートまで見事に盗まれ、無一《むいち》文《もん》の状態で広場の端で立ち尽くしていた。それを偶然鷹矢が見つけて、声をかけたのが全ての始まりだったのである。

慌てるばかりでパニックになっている幸蔵をなだめ、大使館での手続きや保険会社への連絡、そして警察への届け出を鷹矢が代わりに行った。それら全てを済ませた頃には、すっかり幸蔵のお気に入りになっていたのだ。

「若いのにしっかりしとるのう、助かったよ！　名前を教えてくれないか？　ぜひお礼がしたい」

「黒正鷹矢です」

「黒正…こくしょう……もしかして、お爺さんの名前は吉勝じゃないかね？」

「はい。そうですが…どうして祖父の名を……」

鷹矢が友人の孫と判明すると、幸蔵はまるで子供のようにはしゃぎだしたのをよく覚えている。

「これは運命じゃ！　いやー、嬉しいのう！」

にこにこと心から楽しげに笑う幸蔵に、鷹矢も悪い気はしなかった。

家族は皆仕事に追われ、実家では一人で過ごすことの多かった鷹矢にとって、幸蔵は同年代以外で気安く接してくれる初めての相手だったのである。

「もしよければ、明日から一緒に骨董市巡りをしてくれんかね？　いつも頼んでいる通訳が急用で来れなくなって、困っていたんじゃよ……ああ、君は学生だから無理か…」

「私で役に立てるなら、構いませんよ。ハイスクールの長期休暇に入ってますから、大丈夫です」

「そりゃ好都合じゃ！」

早速翌日から、鷹矢は幸蔵と共に美術品の買い付けに出向く事になる。初めのうちはわがままな幸蔵に振り回されていた鷹矢だが、黒正グループの御曹司と知っていながら普通に接してくれるこの老人に好感を覚えていった。

歳の割に元気で、あちらこちらへと飛び回る幸蔵に、鷹矢も嫌な顔一つせずに付き合った結果、滞在期間中に本当の孫と祖父のような間柄になっていたのである。

帰国の当日、空港まで送りに行った鷹矢に、幸蔵は一枚の写真を見せた。

写っていたのは小学校低学年くらいの子供で、大きな麦わら帽子を被りカメラに笑顔を向けている。

半ズボンを履いているが、上着の半袖シャツが長すぎて、ワンピースを着ているようにも見える。

いや、もしかしたら活発な女の子なので、わざとワンピースの下にズボンを履かせているのかもしれない。

「可愛いですね」

どちらにしろ可愛らしい事に変わりはないので、素直な感想を述べると幸蔵が満足げに頷く。

「わしの孫でな、ひなたと言うんじゃ。今年六歳になるから、鷹矢君とは十一歳離れとるのう。じゃが十一歳くらい、どうという事もなかろう」

「えっと幸蔵さん、どういう意味ですか？」

「鷹矢君、ひなたと結婚してくれないかな。君になら孫を任せてもいいと、わしは確信したんじゃよ」

「結婚、ですか……」

幸蔵と行動を共にした事で、彼の突飛《とっぴ》な言動には慣れていた鷹矢だが、さすがにこの発言には驚いてしまう。

「駄目かのう……？」

「いえ、そんな事はありませんが……ひなたちゃんの意見を聞かなくても、いいんですか？」

「ひなたはわしを信頼しておるから、気にせんでいい」

そう自信満々に答えられ、鷹矢は考え込む。真面目に返答するならば、この場は保留にするのが適切だろう。

しかし幸蔵の性格上、はっきり答えを告げなければ不機嫌になるのは目に見えている。考えた末、鷹矢は幸蔵を不快にさせたくなかったので、快く了承する事にした。

「分かりました。ひなたちゃんと婚約させて頂きます」

「うむ」

自分はまだ十七歳で、写真の子供は六歳だ。結婚をするにしても、あと十年はかかるのでその間に幸蔵の気が変わる可能性もある。

それに万が一、結婚話が進んだとしても、可愛らしいひなたと結婚できるなら、それはそれで構わない。

「君のご両親と吉勝には、わしから話しておこう」

そう言い残し、幸蔵は帰国した。それきり自分の祖父から話を聞きはしたものの、日本へ戻らなかった鷹矢は幸蔵と直接会う機会がずっとなかったのである。当然結婚話も続いており、帰国してから正式に挨拶に向かおうと考えていた矢先、偶然ひなたと出会ったのだ。

自分の結婚相手が男と分かって驚いたが、保護欲をかき立てる可愛らしい姿を見て、正直鷹矢は心惹かれた。

「あれだけ可愛いなら、大歓迎だな。ただ、これ以上嫌われないように、気を付けないといけないいけれど」

鷹矢は呟いて、私物を入れたトランクを閉めた。

2

幸蔵《こうぞう》が入院したその日から、ひなたは鷹矢《たかや》と共にマンションで同居を始める事となった。骨董品でごちゃごちゃした、ごく一般的な日本家屋の幸蔵の家とは違い、吉勝が用意してくれたマンションはどの部屋も広く、使い勝手がよい。

キッチンとダイニング、そしてリビングは合わせて軽く三十畳以上あり日当たりも最適。寝室は三つ、それに書斎が二つもあって、更に全ての部屋には家具が備え付けてあった。

置いてある家具は木目調《もくめちょう》の物が中心で、ソファやカーテンは落ち着いた色で統一されている。

まるでモデルルームのような部屋に、ひなたは最初のうちこそ戸惑ったけれど、いざ住んでみると居心地がよくてすぐに馴染んだ。

ついでに立地も良く、ひなたの通う華翠《かすい》学院までは電車で二駅の距離だ。

そして鷹矢の勤め先にも近いらしく、朝は一緒に朝食を取ってから出かけることができる。

いくら鷹矢が優しいとはいえ上手く同居できるのか一抹の不安はあった。けれど互いの距離を測っていたのは最初の数日で、程なくひなたは鷹矢と打ち解けていった。

「ひなた、目玉焼きができたよ」

「今行きまーす」

制服に着替えたひなたは、鷹矢に呼ばれていそいそと椅子に座る。帰宅が遅くなりがちな鷹矢は朝食を、朝の弱いひなたが夕食を作る事になっている。

当初はひなたが家事全般を引き受けるつもりだったのだが、『対等に協力し合おう』という鷹矢の提案で、負担にならない分担が決められたのだ。

——でも、目玉焼きにピーマン添えるのはどうかと思う……。

苦手なピーマンをさり気なく鷹矢の皿に移し替えながら、ひなたは溜息をつく。

食事に際して、『好き嫌いがあっても、できるだけ食べること』と、最初に提案したのはひなただ。幸いお互いアレルギーはないので、料理に関して困る事はない。

「駄目だよひなた。ちゃんと食べて」

「はーい」

結果として互いに助け合えるから、その中から自然と会話も生まれ、よい関係が築かれつつある。

「昨日も、遅かったんですか？」

「うん。会議が長引いてね」

「お疲れ様です」

鷹矢が継ぐ事になっている会社は、多岐《たき》に渡って事業を展開している。

幸蔵から聞いてはいたが、実際に鷹矢の様子を見ていると、かなり大変らしいと知り驚いた。

今のところは貿易関係の仕事を任されており、それが一段落したらまた別の会社へ出向いて内容を勉強しなくてはならないらしいのだ。一度説明してもらったのだが、ひなたにはさっぱり分からなかった。

ともあれ、鷹矢はとても重要な仕事をしており、ついでに就いている役職も年齢に反してかなり高い物であることは知っている。

けれど鷹矢は、お金持ちである事や役職を前面に出して偉ぶるような事は一切なく、初めて出会った時と同じように接してくれる。

そんな気さくな鷹矢に、ひなたはますます好感を覚えていた。

夕食はどうしても別々に取る事が多いので、朝の時間は大切なコミュニケーションの場となっている。

——とっても、いい人なんだよね。

同居生活は、ほとんど問題が起きていない。ただ少し気になる点を、除いてだが。

「でも、ひなたの寝顔を見ると、すぐに元気になれるよ」

「寝顔って……見たんですか？」

「そうだよ」

悪びれもせず笑顔を見せる鷹矢とは反対に、ひなたは眉を顰めた。

「疲れているなら、すぐに寝ればいいでしょう？　どうしてわざわざ、僕の部屋に来るんです？」

顔を見られるだけなら、まだいい。鷹矢は帰宅が遅くなると、たまにひなたのベッドに潜り込んでくる時もあるのだ。

「恥ずかしいのかい？」

「当たり前です！」

この間なんて息苦しくて目を覚ましたら、抱き枕のように抱き締められていた。

何故そんな恥ずかしいことを平然とできるのかが、ひなたには分からない。

「そうだ、近いうちに婚約指輪を買いに行かないとね」

「……その事ですけど」

頬を膨らませて不満を露わにするが、鷹矢はにこにこと笑うばかりだ。

――僕を抱き枕にしたり、婚約の話さえしなければ最高なのになぁ。

正直言って、婚約者という立場に関してはまだ納得がいかない。同居人としてなら、最高の相手だとは思う。でも男同士で婚約だ結婚だのと言われても、ひなたは素直に受け入れられないのである。

「どうして僕が、鷹矢さんと結婚しなくちゃいけないいんですか！」

「ひなたは私が嫌いかい？」

「そういう意味じゃなくって」

「初めて会ったときも、えらい言われようだったしね。やっぱり私では、婚約者として失格かな」

「ち、違います！　誰もそんな事……」

薔薇園での出来事を持ち出されると、ひなたは弱い。鷹矢が婚約者だと知らなかったとは言え、散々『おかしい』だの『変な人』だのと酷い言葉を投げつけてしまった事実は消えない。

――本気で言ってる訳じゃないって分かるけど、やっぱり気まずいんだよね。

「私は、ひなたが好きだよ。ひなたが婚約者で良かったと思ってる」

真顔で言われて、ひなたは真っ赤になる。

整った顔立ちをしている鷹矢から真剣に告白されると、どうしても気恥ずかしくて赤面してしまうのだ。

「……僕も、鷹矢さんが婚約者で安心しました。けど……」

鷹矢との生活は、思いがけず楽しいものだ。幸蔵以外の人と上手くやっていけるか心配だったが、今は長年一緒に住んできたように振る舞える。

これで婚約話さえ出なければもっといいのだけれど、鷹矢は毎日さり気なく話題を振ってくる。

「じゃあ、認めてくれているんだね？　なら婚約指輪を買っても、問題ないじゃないか」

「待って下さい、いきなり言われても困りますっ」

「ひなたは可愛いな」

テーブル越しに鷹矢の手が伸びて、ひなたの頭を撫でた。

「話をごまかさないで！」

「ごまかしてないよ」

「もう……ごちそうさまでした！」

最後のトーストの欠片《かけら》を飲み込み、急いでひなたはリビングから逃げようとする。

「ひなた」

「はい？」

「愛してるよ」

「え……」

振り向いた瞬間、いつの間にか席を立っていた鷹矢の顔がすぐ傍にあり、ひなたの唇に暖かいものが触れた。

——ひゃっ。

不意打ちでキスをされたのだと気付いたひなたは、とっさに鷹矢の肩を押して後退《あとずさ》る。

「わっ……あ！　今日は朝の掃除当番なんです、先に行きますね！」

「いってらっしゃい」

置いてあった鞄を片手に、脱兎《だっと》の如く玄関へと向かう。海外生活が長かったからなのか、鷹矢スキンシップはかなり過激だ。

初日からハグもキスも当然のようにされてしまい、初めは抵抗していたひなたも何となく慣れてしまっていた。だが気を抜くと、ディープキスまでされそうになったりする。流石にひなたも軽いキス以上の行為に対しては受け入れる気はなく、こうして日々攻防戦が繰り広げられている。

朝のキスは、ほぼ日常的になっていたので警戒していたのだが、大抵鷹矢に裏をかかれて奪われてしまうのだ。

玄関を出てエレベータに乗り込み、やっと一息つく。心臓はドキドキしっぱなしで、顔は火照《ほて》って熱い。

――嫌じゃないんだよね……。

鷹矢に触られるのは、気持ちいい。

男の人なのに、キスをされても嫌悪は感じない。むしろ、もっとして欲しくなる時もある程だ。

けれど素直になってしまったら、恥ずかしい子だと思われそうなので、絶対に鷹矢には言えない。

――僕、どうしちゃったんだろう？

結婚は嫌。

けれどキスは、好き。

矛盾《むじゅん》する気持ちを胸に秘め、ひなたは深い溜息をついた。

「もーやだ、最悪」

学校に到着しても、胸のもやもやは晴れてくれない。それどころかキスを思い出してしまって、顔が赤くなってしまう。

「何が？」

「何でもない」

「顔赤いよ風邪じゃない？」

「何でもないったら！」

「変なのー」

華翠学院に通う生徒は、お金持ちだったり名家《めいか》の出であったりするので、おっとりした性格が多い。

ひなたの友人達もその部類に入るので、多少突っぱねるような物言いをしても、けらけらと笑って流してくれる。

ありがたいけれど、放っておいて欲しい時でも平気で近付いてくるので、その分疲れる事も多い。

「どうしちゃったの？」

机に突っ伏したひなたは、たちまち友人達に囲まれてしまう。

——放っておいて欲しいんだけどなー。

幸蔵が入院してからしばらくの間は身の回りの物を揃えたり、自宅の管理をお手伝いさんにお願いしたりと慌ただしくしていたので、結局ひなたは一週間程休んだのである。

「ひな、最近元気ないよね。お休みしてる間に、何かあったの？」

「その呼び方止めてよ」

顔を上げて友人を睨み付けるが、相手は悪気がないのできょとんとしている。

「何で？」

「『ひな』って、呼びやすくていいじゃん」

「……呼びやすくないよ……」

背が低い事と、可愛らしい顔立ちはひなたのコンプレックスなので、『雛』を連想させるあだなは嫌いなのだ。

けれど友人達の間ではすっかりあだなが定着しているのと、呼びやすいという事も相まって一向に改善される気配がない。

イジメではないと分かってるから、ひなたも強く言えず、結果として定着しつつあるのが現状だ。

「それよりさ、本当にどうしたの？」

「おじいさんの具合は、よくなったんでしょう？」

「うん……」

活発なひなたが、意気消沈して机に突っ伏すなど初めてなので、集まってきた友人達も次第に心配そうな表情へと変わっていく。

「病気はもう大丈夫なんだけどさ。それとは別の事で……ちょっとね」

友人達を心配させまいとしてひなたは口を開くが、鷹矢とのキスを思い出してしまい顔が赤くなる。

「ひな？」

「熱でもあるんじゃない」

「違う！」

塞ぎ込んだかと思ったら、顔を真っ赤にして叫ぶひなたを見て、友人達の目は好奇心の色を強くしていく。

「もしかして、恋の悩み？」

「ひなが？」

「この間も、先輩からの告白断ってたよね」

「もしかして、別の人と付き合ってるから断ったの？」

――あーもう、うるさいな！

華翠学院は男子校な上に芸能科があるせいか、生徒同士の恋愛はポピュラーで容認される傾向にある。

「そんな事ない！　誰とも付き合ってないよ！」

「ひな、怖いよ」

ひなたが同性からの告白を毛嫌いして、全て断っているのは皆が知っている。過剰に反応しなければいいのだが、言われるとどうしても大声で反論してしまうのだ。

「おはよー、みんな集まってどうしたのー？」

「一華《いちか》、助けてよ」

ほややんとした明るい声が、教室に響く。

有名人が多い校内でも、一際目立つのがこの加洲院《かしゅういん》一華だ。良家の出身らしいけれど、それを鼻に掛けるような言動はなく、ひなたとも普通に接してくれる。高校に入って初めてできた友達で、今では何でも相談できる間柄となっていた。

幸蔵が入院した事も、現在鷹矢と同居している事も、一華だけには打ち明けてある。

「みんなが変な事ばっかり聞くんだよ」

「変な事？」

二人の仲がいいことは集まっていた友人達も知っているので、今度はひなたに変わって一華が取り囲まれる。

「ひなが元気ないから、何かあったのかなって思って……」

「ちょうど良かった、一華は知ってる？」

問われた一華が、小首を傾げた。そして無邪気な微笑みを浮かべる。

――マズイ！

嫌な予感がひなたの頭をよぎったが、既に遅かった。

「あー、そういえば」

「一華っ……いっ……」

天然な一華は、とにかく素直な性格だ。なので聞かれれば、あっさりと喋ってしまうのである。

約束は守る性格なので口止めさえしていれば問題ないが、今回はうっかり言うのを忘れていた。

慌てて一華を止めようとしたものの、逆に誰かに口を押さえられてしまいひなたは妨害もできない。

「知らない人と同居してるんだもんね。それに新しいお家に引っ越したり、忙しかったんだから、疲れちゃうのは当然だよ」

「わーっ言わないで！」

全力で暴れたお陰で口は解放されたが、阻止《そし》するには僅かに遅かった。

一華の言葉に、周囲は色めき立つ。

噂話やちょっと変わった出来事は、恰好の話の種になる。

「同居って誰と？」

「おじいさんが入院してから、一人暮らしじゃなかったの？」

口々に質問する友人達に囲まれた一華は、にこにこと笑いながら答えてしまう。

「えっと、確か黒正《こくしょう》さんて人。おじいさんのお友達のお孫さんなんだって。そうだよね、ひな？」

「……一華のばか」

「どうしたの、ひな？　何か僕、へんな事言った？」

できれば隠し続けていたかった秘密をあっさり話されて、ひなたはまた机に突っ伏した。

「それじゃ今週の日曜日は、ひなの家で勉強会決定！」

「ええっ何で急に……」

「その黒正さんて人と、新しい家見てみたいからに決まってるじゃん」

一対一ならまだしも、好奇心旺盛な友人達に囲まれて勝ち目はない。勝手に決めてはしゃぐ友達を横目に、ひなたは盛大な溜息を零す。

「どうしてそんなに嫌がるの？　黒正さんて、いい人なんでしょう？」

「でも……」

言いかけて、ひなたは口を噤む。確かに一華の言うとおり、鷹矢は誰に紹介しても申し分のない相手である。

婚約者という事実も、軽々しく口にするような人ではない。

「何か、嫌だから」

「理由になってないよ」

そう言われても、これが本心だから仕方ない。

「おかしな、ひな」

――どうせおかしいよ。

一華にまで呆れたように言われてしまい、ひなたは益々落ち込んだ。

悩んでいても、日々は過ぎていく。

――一華は『おかしい』って言ったけど。本当に、何か嫌なんだよね。

お風呂上がりにリビングでアイスココアを飲みながら、ひなたは一人呟いた。数日前友人達が計画した『ひなの家で勉強会ツアー（別名・ひなの新しい家と同居人を見学しよう企画）』の事を考えると、頭が痛くなってくる。

――別に鷹矢さんを見たって、面白くも何ともないのに。

皆の目的は、単に話の種と好奇心を満たすためと分かっているが、どうも落ち着かない。友人達の中には、先輩や同級生と付き合っている人もいるので、彼等が鷹矢を見たらどんな感想を持つのかひなたには想像が付いてしまう。

同性に恋愛感情など持ったことがなく、それどころか嫌悪さえしていたひなたが『格好いい』と感じてしまった程なのだから、興味のある人から見れば、鷹矢は相当魅力的な筈だ。

鷹矢の事は好きだけど、その思いは恋愛感情ではないとひなたは思っている。だから他人がどんな感情を鷹矢に向けようと関係ないのに、ひなたは想像しただけで苛々してくる。

――あーもう、何考えてるんだろう……。

勢いで同居もしたが、いずれは別れる事になるだろう。そもそも、幸蔵が入院している間だけの、臨時的な同居なのだ。

鷹矢だって、本気で自分と婚約する気はない筈で、いずれは相応の相手と結婚するに決まっている。

でも、それを思うと何故か寂しい。

きっと幸蔵が入院してるせいだとひなたは結論付けて、残りのアイスココアを一気に飲み干した。

「ぷはっ」

「ひなたー」

「はーい」

タイミング良く聞こえてきた鷹矢の声に、ひなたは大声で返事をする。久しぶりに早く帰宅した鷹矢は、現在入浴中だ。

早いと言っても、既に時計は十時を回っている。

いっそ会社に泊まった方が楽なのではと思う時もあるが、鷹矢は『ひなたの顔が見たいから』という理由で必ず帰宅する。

そう真顔で言われると、ひなたは嬉しいような気恥ずかしいような気持ちになって困ってしまうのだ。

ともあれ、普段より大分早く帰宅できた鷹矢は、先程から酷く上機嫌でいる。

「シャンプーを、持ってきてくれるかい？」

「ちょっと待って下さい。買い置きを探します……」

答えて立ち上がったひなたは、ふと出迎えた時の事を思い出して硬直《こうちょく》してしまう。

――まさか、また何かするつもりじゃ……。

帰って来るなり、鷹矢は玄関でひなたを抱き締め、いきなり口づけたのだ。

軽いキスなら慣れてしまっていたので、されるままになっていたひなただが、いつまで経っても鷹矢は離してくれなかった。

最終的に触れるだけのキスは、ディープキスへと変化して、ひなたはとても恥ずかしい思いをしたのである。

鷹矢に口づけられても不思議と嫌悪はないのだが、とにかく恥ずかしくて困ってしまう。

一方鷹矢は気にした様子もなく、唇を離すと笑顔でバスルームへと向かった。

そんな経緯があるので、ひなたはまた何かされるのではと警戒したのだ。

しかしあからさまに嫌がるのは、怖がっていると思われそうで、それはプライドが許さない。

下手に狼狽えて、恋愛初心者のように見られたくなかったから、ひなたは精一杯何でもないふうを装い、シャンプーを片手にバスルームへと入った。

「どうぞ」

「ありがとう。そうだ、ひなたに頼みたい事があるんだ」

「わわっ」

扉を開け、素早く渡して逃げようとしたが、あっさり手を掴まれる。キスの続きか、もっととんでもない事をされてしまうのかと考えたひなたは、真っ赤になって手を引き離そうとする。

当然鷹矢は、裸である。なるべく視線を逸らしながら、ひなたは鷹矢に問いかけた。

「鷹矢さん？　何を……」

「暴れると、滑って危ないよ。ひなたに背中を流して欲しいんだけど、いいかな」

「あ、はい」

ごく普通の頼み事に、ひなたは拍子抜けした。変な事をされるかも知れないと、一瞬身構えた自分が恥ずかしい。

ひなたは頷いて一度脱衣場に戻り、パジャマのズボンを脱ぐ。バスルームでは既に鷹矢が背中を向けて座っており、なぜかほっとしてしまう。

手にしたタオルに、バスソープを付けてよく泡立ててから鷹矢の背中を洗いに掛かった。

「鷹矢さん、背中広いですね。おじいちゃんと、全然違います」

着痩せして見える鷹矢だが、意外と背中が広くて筋肉もしっかり付いている。しわしわの幸蔵の背中を見慣れているひなたにしてみると、かなり新鮮なのだ。

しきりに感心していたひなたは、ふとある事に思い至って声を上げる。

「そっか！」

「どうしたんだい？」

「僕、鷹矢さんが好きな理由、分かりました」

突然の告白に、鷹矢が振り返った。

――そうだよ！　これだ！

期待を込めて見つめてくる鷹矢に対して、ひなたは自信満々で答える。

「お父さんみたいだからですよ」

「お父さんか……」

項垂れた鷹矢を見て、さすがに失言だったと気付いたひなたは急いで弁解する。いくら鷹矢が十一も年上だからといっても、『お父さん』と言われれば傷付いて当然だ。

「僕が小さい頃に、父さんも母さんも事故で死んじゃったから……その…あんまり思い出がないんです。だからきっと、鷹矢さんにお父さんを重ねちゃったのかなって……思って……」

「ひなた……」

「あ、でも寂しいとかはもう全然ないですよ！　おじいちゃんがいてくれるし、友達もいっぱいいいます。それと鷹矢さんも優しくしてくれるから！」

この言葉は、ひなたの本心だ。

両親を亡くした事は辛《つら》い思い出だけれど、いつまでも悲しみに浸っている訳ではない。周囲の人達が向けてくれる優しさは、ひなたを十分元気づけてくれている。

「これからは、もっと頑張らないといけないな。ひなたを悲しませたりしたら、天国のご両親に怒られてしまうからね」

振り返った鷹矢が、ひなたの頭を優しく撫でた。

「鷹矢さん」

「でも……一人の男としては、見てくれないんだね。それは少し残念だ」

がっくりと肩を落とし、悲しげな声で告げる鷹矢にひなたはうろたえる。

「えっ…あの、鷹矢さんの事、お父さんみたいなんて言っちゃいましたけど、ちゃんと男の人だって思ってますよ。その、格好いいし。素敵だなって思いますし」

うっかり口を滑らせて、普段から思っている事をぽろりと言ってしまったが、鷹矢を元気づけようと必死になっているひなたは気付かない。

そんなひなたを、鷹矢がにやりと笑って抱き締める。

「なんてね。ひなたを口説《くど》くには時間がかかりそうだって覚悟しているから、そう慌てなくていいよ」

「う、嘘ついたんですか！」

「半分だけね」

真顔の鷹矢に、ひなたは言葉に詰まる。

一人の男として見られない事に、ショックを受けたのは事実だろう。

だからひなたも、強い態度に出られず、耳まで真っ赤にして彼を睨み付ける事しかできない。

――鷹矢さんずるい。

口を尖らせるひなたを、鷹矢が真顔で見つめる。

「私は君に、家族として認めて貰いたいと常に思っているんだよ」

鷹矢の言う家族とは、つまり『伴侶《はんりょ》』という意味だとひなたも気付く。

「あ……」

真剣な眼差しがゆっくりと近付き、ひなたの唇に吐息がかかる。今まではいきなりキスされてしまう事ばかりだったから、こんな近くで鷹矢の顔をまじまじと見つめたのは初めてだ。

「鷹矢さん……ん…」

そのままひなたは抱き締められ、唇が重なった。

――逃げないと……でも、体が動かないよう…。

やんわりと唇を噛まれて、思わず口を開くと鷹矢の舌が口内へと入り込んでくる。先程されたディープキスよりも舌の動きはゆっくりとしていて、わざとひなたの感覚を煽るように粘膜《ねんまく》を丹念に嘗めていく。

「ん……ふ…」

丁寧なキスは心地よくて、いつしかひなたは自分から舌を絡めていた。

呼吸は苦しいけれど、角度を変えて舌が口内を愛撫する度に腰の奥がぞくりと震えて、焦れったいような快感が全身に広がる。

「……ぅ……はふ」

やっと口づけが解かれたときには、ひなたの息はすっかり上がっていた。

くったりとした体を鷹矢にもたれさせて、パジャマが濡れるのも構わず縋り付く。そうしていないと、洗い場の床にへたり込んでしまいそうだった。

「ひなた、パジャマが濡れてしまったから、一緒に入り直そうか？」

「いいです！　着替えればいいから、気にしないで下さい」

鷹矢の言葉に我に返ったひなたは、しがみついていた手を離し、脱兎の如くバスルームから出て行く。

そして自室に駆け込むと、濡れたパジャマを脱ぎ捨てた。

――最悪だよ……。

何度もキスはされたけど、こんなに気持ち良く感じたのは初めてだ。まだ心臓は早鐘《はやがね》を打ち、頬が熱く火照っているのが分かる。

――気持ちよかったなんて、気のせいだよ。大体鷹矢さんは男なんだから、男の人とキスして気持ちいいわけないんだから！

自分に言い聞かせるようにして、ひなたは何度も頭を横に振る。けれどキスの感触は、唇から消えてくれない。

「もう、寝る！」

ひなたは新しいパジャマに着替えると、ベッドに潜ってふて寝を決め込んだ。


ひなたが逃げてから少しして、鷹矢は風呂から上がった。

「ひなた」

少し悪戯《いたずら》が過ぎたような気もするが、ひなたの反応からしてそう心配する事はないだろう。

けれど一応謝罪はした方が円満になると踏んで、鷹矢はリビングを見回す。いつも座っているテレビの前の特等席に、ひなたの姿はなかった。

「あれ、もう寝たのかな？」

とすると、自室に立てこもってしまったに違いない。

罪悪感を覚える反面、鷹矢はひなたの気持ちよさそうな表情を思い出して微笑する。本当は全てを手に入れてしまいたいけれど、純粋なひなたに無理矢理手を出して、怯えさせたくはない。できれば互いに合意の上で、行為に及びたいと思う。

「結構、いい雰囲気までいくんだが……」

意外と芯の強いひなたは、なかなかすんなり落ちてくれない。

それがまた、鷹矢の欲望をかき立てる。

鷹矢はそっとひなたの部屋のドアノブを廻して、中を覗く。予想通り室内は暗く、ベッドの上でひなたが穏やかな寝息を立てていた。

ベッドに近付いても、ひなたは熟睡しているらしく起きる気配はない。

無防備な寝姿を前にして、一瞬不埒《ふらち》な欲望が脳裏を掠める。けれど鷹矢は理性で押さえ、ひなたの頬に触れるだけのキスをして部屋を出る。

「お休み、ひなた」

同居をするにあたって、正直な所鷹矢は不安だった。ひなたはともかく、一人暮らしの長かった鷹矢は、他人と問題なく暮らせるのか不安だったのである。

それに御曹司という肩書きを背負った自分を特別視して、ひなたが変な遠慮をしてしまうのではないかと危惧《きぐ》した。媚《こ》びた態度に出られるよりも、一歩引いた視点で話をされるのが、鷹矢には辛い。

しかしやはり幸蔵の孫と言うべきか、ひなたはそんな鷹矢の心配などあっさり吹き飛ばしてくれた。

『同居は、初めが肝心なんです！　言いたいことがあったら、はっきり言って下さい。僕も言いますから。そりゃあ遠慮や思いやりも大切だけど、しすぎるのは逆に良くないって、おじいちゃんが言ってました』

同居の初日、仁王立ちになって告げたひなたの姿を思い出して、鷹矢は微苦笑を浮かべる。

「あれはひなたなりの、気遣いだったんだよな」

十一も歳の離れた婚約者との同居。それも親族が勝手に決めた相手だ。部屋はかなり広い上にお互い学生と社会人という立場だから、生活時間帯を少しずらせば顔を合わせずに生活することも可能である。けれどひなたは、自分と共同生活をする方を選んでくれた。

ひなたは、両親を早くに亡くした過去を持っている。両親は居ても、仕事に忙殺される彼等は家庭を顧みる事はなく、鷹矢は孤独に過ごしてきた。

もしかしたらひなたは、そんな鷹矢の孤独に無意識に気付いていたのかもしれない。

『ご飯は、できるだけ自炊にして、一緒に食べるようにしましょう。好き嫌いも言ったら駄目ですよ。そうすれば節約できるし……その、一人で食べるより、ずっと幸せな気持ちになれるんですよ』

そんな言葉を鷹矢に言ってくれた相手は、今まで一人もいなかった。友人は多く、親友と呼べる者もいるけれど、家庭的な温かみを共有してくれる相手はひなたが初めてだったのである。

意見があれば真っすぐに自分を見て話してくれるし、何よりひなたは可愛い。

初めて出会った時から気になってはいたが、同居を始めてからは更にひなたへの想いは強くなっている。

「嫌だって言うけれど、今の生活が新婚さんみたいだって事に、ひなたは気付いてないのかなあ」

何事にも一生懸命で前向きなひなたに、鷹矢は完全に心惹かれていた。

実の家族では得られなかった温かい日々が、今はある。それは全て、ひなたが居てくれるからこそ、実現しているのだ。

「こういうのも、なかなかいいね」

自室へ戻った鷹矢は、呟いて椅子に座る。机の上には、明日までに目を通しておかねばならない書類が、束になって置いてある。

自分の将来の為だけなら、また何だかんだと理由を付けて海外へ逃亡していただろう。

しかし今は鷹矢自身だけでなく、ひなたの将来もかかっている。

まだひなたは、婚約の現実を受け止めてないけれど、鷹矢としてはすっかりその気だ。

いずれ来るだろう大切な日に向けて、鷹矢はやるべき仕事を再開した。


日曜日。

約束した午後一時きっかりに、玄関のチャイムが鳴った。

「お願いだから、部屋から出ないで下さい！」

「どうしてだい？　私はそんなに見られて恥ずかしい婚約者かな？」

「違います……ともかく出ないで！」

まさか『その反対です』とも言えず、ひなたは鷹矢を部屋に押し込んで玄関へと駆けていく。

扉を開けると、仲良くしているクラスメイトの面々が顔を覗かせた。

「いらっしゃい……」

あれから何度も約束を取り消させようとしたのだけれど、結局ひなたは皆の勢いに負けてしまったのである。

「こんにちわー」

「おじゃましまーす」

「はい。ひなの好きなアップルパイ。後で食べようね」

最後に入ってきた一華が、特大のケーキボックスを渡してくれる。

今までなら大喜びで受け取っていたが、今日はアップルパイを前にしても、さっぱり嬉しくない。

「……ありがとう、一華」

「どうしたの、元気ないね」

「みんなが帰ったら、元気になるよ」

「ひな、酷い」

膨れるひなを置き去りにして、友人達は早速リビングへと雪崩《なだ》れ込んだ。

お目当ては部屋の探検と、同居相手の品定めと分かっているので、ひなたは緊張した面持ちになる。

「あれ？　一緒に住んでる人は？」

「き、今日は仕事で出かけたんだ」

「えー」

「つまんない！」

口々に文句を言われるが、知ったことではない。

このまま友人達を自分の部屋に連れて行ってしまえば、鷹矢を見られる心配はないだろう。

けれどひなたの計画は、一瞬にして水の泡と化した。

「『ひな』って、ひなたのこと？」

声に驚いて廊下を見れば、部屋に隔離《かくり》した筈の鷹矢が笑顔で立っていたのである。

「鷹矢さん！　部屋から出ないでって言ったのに！」

「私だけ、仲間はずれは酷いんじゃないか？」

鷹矢が微笑んでいるのは、きっとあだなを知ったせいだ。

――ばかばかばか！　鷹矢さんのばかっ。

絶対に知られたくなかったあだなを彼の口から言われて、ひなたは友人達が見ていることも忘れて真っ赤になる。

「わー」

黙り込んだひなたの後ろで、歓声が上がった。

慌てて自分の部屋へ連れて行こうとするが、盛り上がった友人達をひなた一人で移動させるなど無理である。

「ほら、もう部屋に行くよ！」

「格好いいね、モデルさん？」

「どんな関係なんですかー？」

「名前教えて下さい！」

「勉強には関係ないんだから、もういいでしょう！」

「何で話させてくれないのさ、ひなのケチ」

自分を無視して、きゃわきゃわと鷹矢を質問攻めにする友人達を前にひなたは苛立ちを隠せない。

「名前は、黒正鷹矢。ひなたとの関係は……秘密。お仕事はサラリーマンです。これからも、ひなたと仲良くして下さいね」

そんな中、ひなたと友人達の攻防戦を見守っていた鷹矢が、笑顔で質問に答えてしまう。

肝心な事は誤魔化してくれたけれど、それでもひなたは落ち着かない。

「いいなー、ひな。こんな格好いい人と一緒に生活してるんだー一日取り替えてよ」

「俺、鷹矢さんとデートしたいなー」

「待ってよ、ちょっと…何言い出すのさ！　一華もみんなを止めてよ！」

けれど一華はにこにこと笑うばかりで、全く戦力になりそうもなかった。

その上、一番喋って欲しくない鷹矢は、何故か上機嫌で友人達の妙な質問にも、真面目に答える始末。

「こんなおじさんとデートしても、楽しくないよ」

「えー鷹矢さんて幾つなんですか？」

「二十七歳だよ」

「大人だー」

「俺大人な人、大好きです！　デートして下さい」

元気よく手を挙げて宣言した友人の千里《ちさと》は、中等部から華翠学院に通っており、これまでも数人学院内で彼氏を作った強者だ。

――げっ千里…鷹矢さんも、しっかり断ってよ！

それを知っているので、ひなたは千里の前に回り込み、両手を広げて鷹矢を守るように立つ。

「鷹矢さんは、僕のだから駄目！」

「何真剣な顔してるの？　冗談に決まってるじゃん。俺、いま付き合ってる相手いるから、別の人とデートしたなんてバレたら大変な事になるもんな」

「でも千里、少しやりすぎだよ」

それまで黙っていた一華が、千里をたしなめる。

そこまでは良かったけれど、やはり一華は一言余計だった。

「千里だって、ひなが君の彼氏さんに『デートして』なんて言ったら、冗談でも嫌でしょう？」

「そうだね……ごめんね、ひな」

「あ……うん……」

謝られて冷静になったひなたは、自分のとんでもない言動に今更気付いた。

これではあからさまに、自分が鷹矢を好きだと公言したも同じである。

「えっと、ともかく勉強しよう！」

恥ずかしくて、後ろを振り返れない。

友達が帰った後、何と言い訳をしようか考えながら、ひなたは小走りに部屋に逃げ込んだ。

勉強会だと言いつつ、部屋からは始終楽しげな声が響き、リビングに居る鷹矢にも聞こえて来る。

「まるで、小鳥だな」

学生時代、友人達と下らない話をして過ごした時間を、懐《なつ》かしく思い出す。

結局ひなたの友人達が帰ったのは、夕方近くになってからだった。

玄関の扉を閉めたひなたが、疲れた顔でリビングへと戻ってくる。この様子だと、相当からかわれたに違いない。

「ひなた」

「はい」

呼び止めると、気まずそうな顔で見つめてくる。

「あの、騒いじゃってごめんなさい。うるさかったでしょう?」

「そんな事はないよ。私の学生時代も、友人達と集まっては騒いでいたからね」

優しく言えば、ひなたはやっと笑顔になった。

手招くとおとなしく鷹矢の側に来て、無邪気な瞳で見上げてくる。

「今日は嬉しかったよ」

「どうしてですか?」

「ひなたのもの宣言をしてもらえるとは、思ってなかったからね」

「あれは、言葉のあやで……その…」

鷹矢にとっても、あの時のひなたの反応は意外だった。多少なりとも好意は向けてくれていると踏んでいたが、あそこまで真剣に宣言するとは正直思っても見なかったのである。

「千里君には、ちゃんと断るつもりだったんだよ。でも私としては、ひなたが先にああ言ってくれて嬉しかったけどね」

「だ、だから、あれは……」

真っ赤になって言い訳の言葉を探すひなたが可愛くて、つい鷹矢は意地悪をしたくなってしまう。

「それと、素敵なあだなも教えて貰ったことだし……ひな」

「鷹矢さんまで、やめて下さいよ！」

声を荒らげるが、耳まで真っ赤になって怒られても、全く迫力がない。

「どうして嫌なんだい？　悪いあだなじゃないと思うけど」

「えっとですね……」

問いかけると、ひなたは素直に説明を始めた。

「僕、背が低いじゃないですか。それに髪の色も薄いから、鳥の『雛』の語呂《ごろ》合わせなんです」

「なうほどね。でも怒る程の事かい？」

「ぼくには重大問題です！　だって、こんな……女の子みたいなあだななんて、恥ずかしいじゃないですか！」

あだななど他愛のない事に思えるが、年齢的に多感な時期であるし、気にするのは仕方ないだろう。

家ではしっかりしており、家事もそつなくこなす。幸蔵の入院中に際しても、手続きなどは全てひなた一人で済ませたと聞いている。

大人びているように見えて、やはり中身はまだ子供なのだと鷹矢は改めて気付いた。

「鷹矢さん？」

考え込んでしまった鷹矢を、ひなたが下から覗き込む。大きな瞳に鷹矢を映し、小首を傾げる婚約者を愛しいと思う。

今ひなたを守ってやれるのは、自分だけだ。幸蔵も容態が安定しているとはいえ、退院の目処《めど》は未だ立たない。

「真面目に仕事を、頑張ろうかな」

ぽつりと呟くと、ひなたが大きな目を更に見開く。

「いままで真面目にやってなかったんですか！」

「うん。どうも仕事にばかり没頭するのは嫌いでね……でもひなたのために頑張るのも、悪くないなと思ったんだ」

「どうしてですか」

「可愛いから」

正直に言うと、ひなたは一瞬黙り、それから鷹矢を睨み付ける。

「真面目に答えて下さい！」

「婚約者の笑顔が可愛くて。君の笑顔を、ずっと見ていたいから」

「鷹矢さん！」

しかし真面目に答えても、ひなたは一向に機嫌を直してくれない。でも鷹矢には、ひなたの怒りが単なる照れ隠しであると分かっている。

笑顔も怒った顔も、全ての表情が愛おしいと思った相手は鷹矢にとって初めてだった。

ふと思いついて、鷹矢は柔らかそうなひなたの頬に触れる。

「太った?」

「えっ」

膨らませた頬を突くと、何か思い当たる節があるのかひなたは急に勢いをなくす。

家事は分担制にしているが、残業の多い鷹矢はどうしてもひなたに頼る事が多くなってきていた。

だから普段できない分、休日の食事は全て鷹矢が作る事になっている。

そしてどうやら、ひなたは鷹矢の作る料理の味付けが気に入ったのか、よく食べてくれるのだ。

「やっぱり……」

「別に太っても、私は構わないよ」

「でも……」

ひなたは痩せ気味だから、もう少し肉が付いても問題ないだろうと鷹矢は思う。

「ほら、ウエストも細すぎる位だ」

「ひゃっ」

言って鷹矢は、ひなたの腰に手を廻して抱き寄せる。華奢《きゃしゃ》な体は、すっぽりと鷹矢の腕に収まってしまう。

「脚も腕も、ひなたは細いね」

「ちょっと、鷹矢さん…やっ……」

さり気なく触れると、ひなたはくすぐったいのか目を細めて身を捩《よじ》る。元々敏感な体質なのか、服の上から撫でただけでも、肌が震えるのが分かった。

「ひなた、愛してる」

「んっ」

啄《ついば》むように口づけると、ひなたが身を固くする。

抵抗できないように抱き締めて、より深いキスに移ろうとしたところで、不意打ちで脚を踏まれた。

「く、くすぐるのはずるいですよ！　……僕お夕飯まで勉強しますから、入ってこないで下さいね！」

一瞬の隙をついて、ひなたが腕からするりと抜け出す。捕まえようと思えば可能だったが、鷹矢はあえて手を出すのを止めた。

逃走するひなたの背を見送って、鷹矢は肩を竦《すく》める。

「あーあ、また逃げられたか」

わざとお預け状態を保っているのではなく、ひなたが無意識でしていると分かるから、鷹矢も本気になれない。

一緒にいる時間はまだまだあるのだから、ゆっくり落とせばいい。

急ぐ必要はないのだと自分に言い聞かせて、鷹矢は夕食の準備に取りかかった。


――あれ？

今日は祝日なのだが、鷹矢は普段通り出勤した。

何でも、急な会議があるらしい。

休みの日まで仕事をしなければならない鷹矢を応援しつつ送り出したのが、二時間ほど前の事。

それから掃除や洗濯を終わらせて、一息ついたひなたは、リビングのテーブルに置かれた封筒に気が付いた。

「鷹矢さん、忘れちゃったんだ」

珍しく慌てていたから、用意はしたものの、持って行くのを忘れたらしい。

――届けてあげよう。

鷹矢が取りに戻るよりも、自分が彼のオフィスまで届けた方が時間の短縮にもなる。幸い今日は何の予定も入れていなかったので、ひなたは早速出かける準備をして、鷹矢のオフィスへと向かった。

最寄りの駅から電車で三十分ほどの場所にある黒正グループの会社は、都内でも有名な高層ビルのワンフロアを全て使用している。

以前鷹矢から説明を聞いたところによると、そこはグループの中の貿易部門を扱っているという事だった。

詳しい事は分からなかったけれど、鷹矢が連日残業続きという事は、相当忙しい職場に違いない。

「どんな所なんだろう。そうだ、帰りにショップも見てこよう」

ビルにはオフィスだけでなく、有名ブランドのショップも多く入っているとテレビでも報道されている。一度行ってみたいと思っていた場所なので、ひなたは遠足気分で足を踏み入れた。

しかしいざビル内に入ったひなたは、その広さに圧倒されてしまう。

迷子にならないように何度も掲示板と睨めっこをして、どうにか鷹矢の勤める会社を探し出した。

——えっと、ここの二十五階…っと。

オフィスへと通じる直通のエレベーターに乗り込み、ボタンを押す。

少しの浮遊感の後、ひなたは開いた扉から降り、興味津々の表情で辺りを見回した。ふかふかの絨毯《じゅうたん》が敷かれた廊下の先に、受付のカウンターがある。恐らくその奥に、オフィスがあるのだろう。

ひなたは真っすぐ受付に行くと、座っている女性に声をかけた。

「あの僕、咲月ひなたって言います。たか……じゃなくて、黒正さんにお会いしたいんですけど」

「アポイントは、取っていらっしゃいますか?」

「えっと、忘れ物を届けに来たんです」

困ったように顔を見合わせる受付嬢に、ひなたは鷹矢から貰った名刺と社名入りの封筒を見せる。

何かあった場合、これを出せば社内に入れると、鷹矢からあらかじめ渡されていたのだ。

するとすぐ、受付嬢はにこやかに微笑んで内線電話を手に取った。

「少々お待ち下さい」

程なく奥の部屋から、一人の男性が姿を現した。鷹矢と同い年くらいの男は、ひなたを見ると丁寧に挨拶をする。

「初めまして、秘書をしています三澤《みさわ》と言います。専務はただいま会議中なので、私が代理で参りました」

「こんにちは。咲月ひなたです」

ひなたも頭を下げると、三澤は少し驚いたような顔をした。

「なるほど、写真で見るより可愛らしい。専務が夢中になるのも仕方ない」

「へ？」

言う意味がよく分からず小首を傾げると、三澤が受付嬢に聞こえないように配慮してか、小声で続ける。

「失礼しました。遅くなりましたが、ご婚約おめでとうございます。本当はお宅に伺ってお祝いの品をお渡ししようと思ったのですが、忙しくしていたもので……申し訳ありません」

「いえ、僕はまだ……」

「大丈夫ですよ。社内でも専務と親しい関係者しか、ご婚約の事は知りませんから」

「だから……」

「分かってますから、ご安心下さい」

——全然分かってないじゃん！

強引に婚約を取り決められたこともショックだが、その話が自分の与《あずか》り知らぬ所で一人歩きしているという事実を知り、ひなたは驚きの余り言葉をなくす。

しかし三澤に文句を言うわけにもいかないので、喉まで出かかった言葉を無理矢理飲み込んだ。

そんな動揺を知ってか知らずか、三澤はにこやかにオフィスへ入るように、ひなたを促す。

「こちらへどうぞ」

「あの僕、鷹矢さんの忘れ物を届けに来ただけですから」

「お急ぎですか？」

「いえ」

帰りにビル内のショップを見て回ろうと思っていたが、特別急ぎの用はない。なのでひなたが首を横に振ると、三澤は思いがけない事を告げた。

「宜しければ、オフィスを見学していきませんか？」

「いいんですか？　お仕事の邪魔になるんじゃ……」

「構いませんよ。今日は休日なので、出社してる社員も少ないですし」

「じゃあ、お願いします」

こんな機会は滅多《めった》にないので、ひなたは三澤の後に続いてオフィス内に入った。中は広々としており、仕切りもほとんどないので開放的な空間が広がっている。

――すごーい。

所々でパソコンに向かっている社員の姿が見受けられたが、ひなたの方を気にする様子は無い。

「あちらは、休憩室。託児所《たくじじょ》もあるんですよ」

「へー…あれは何ですか？」

物珍しくて好奇心を丸出しにしたひなたに、三澤は始終笑顔で接してくれる。話し方も丁寧で、穏やかな物腰の三澤に、ひなたは程なく打ち解けた。

「三澤さんは、鷹矢さんの秘書さんなんですよね？　秘書って、女の人がする仕事だと思い込んでました」

「そんな事はないですよ。確かに女性が多い職種だとは思いますが……まあ私の場合、専務の秘書になったのは少し変わった経緯からなんですけどね」

「変わった経緯？」

「はい。実は専務が留学していた時、大学で知り合ったんです。私の方が二年下で、当時から専務にはよくして頂いて……そのご縁でこちらに入ったんです。けれど専務は、咲月さんもご存じの通り随分ふらふらとしてらっしゃって、やっと戻ってきたはいいけれど社内に人脈は皆無。そこで友人の私が秘書兼相談役で指名されたんです」

「……何だか、大変ですね」

「そんな事はないですよ。まあ最初の頃は、専務も慣れない会社勤めで苦労していましたが、最近では重役達も一目《いちもく》置いてますし。伊達《だて》に海外を渡り歩いていた訳ではなくて、意外な所に人脈を作ってましてね。お陰で多くの商談が纏《まと》まってます」

心から嬉しそうに話す三澤に、ひなたは不思議な気持ちになる。

――鷹矢さんて、もしかしなくてもすっごくお仕事できる人？

確かに鷹矢は毎日帰りが遅いし、帰宅してからも仕事をしている事が多い。けれどひなたと二人きりになると、隙あらば過剰なスキンシップを求めてくるのだ。

そんな鷹矢が、オフィスでは有能な専務と聞いても、いまひとつぴんと来ない。

「想像できないな。家でもお仕事してるけど…あんまり真面目って感じじゃ……」

「そうですか？　やはりご自宅では、咲月さんが待っているからリラックスできるんでしょうね……ああ、ここからは静かにして下さいね。会議中なので」

微笑む三澤に、ひなたは眉を顰めた。

――絶対、勘違いされてる。いきなり抱きついたり、キスしてくるなんて三澤さんには愚痴れないし…鷹矢さんのばか。

いつの間にか二人は仕切りのないエリアから、狭い廊下が続くエリアに入っていた。

「こっちです」

三澤はひなたに向かい、指を口に当てて静かにするようにとジェスチャーで示し、一つのドアを指差す。

黙って耳を澄ませていると、壁越しに人の声が聞こえてくる。

そのまま三澤は、そっとドアを開けてひなたを手招いた。

明らかに覗き見だが、秘書の彼が率先してやっているのだから大丈夫だろうと考えて、ひなたも中を覗き込む。

――あ……鷹矢さんだ。

中は会議室となっており、正面のホワイトボードに向かい、社員達に何か説明をしている鷹矢の姿が見えた。

普段と違い、眼鏡をかけて真剣に話をする鷹矢を見るのは初めてで、ひなたは目が離せなくなる。

家で穏やかな表情を見せる鷹矢も好きだけれど、こうして仕事をする姿も素敵だと思う。

――すごくびしっとしてて、格好いい……って僕ってば、何見とれてるの！

ドアの隙間からひなたに覗かれているとも知らず、鷹矢は話を続けている。時々重役から質問が飛ぶが、鷹矢は淀《よど》みなく答えを返す。

詳しい内容は分からないけれど、部外者であるひなたにも会議が鷹矢のペースで進められていることは理解できた。

――デキる男って感じ……。

ぼうっと見惚れていたひなたは、三澤に肩を叩かれ我に返る。

「そろそろ行きましょうか」

「あ、ごめんなさい」

ひなたは慌てて顔を引っ込めて、三澤にぺこりと頭を下げた。いくら鷹矢の婚約者といえど、あまり長く会議を覗き見するのは三澤も快く思わない筈だ。

しかし三澤は、ひなたに優しく微笑みかける。

「いえ、会議を見ていてもつまらなかったでしょう？　もう少し楽しい場所にご案内したいと思いましてね」

「どこですか？」

目を輝かせると、三澤が顔を寄せて耳打ちする。

「よかったら、専務の椅子にも座りますか？」

「はい！」

元気のよい返事をするひなたに、三澤は満足げに頷く。

「ではこちらの部屋へどうぞ」

一番奥にある部屋に通されたひなたは、早速正面の机に駆け寄る。そして普段鷹矢が座っている、黒い革張りの椅子に思い切りよく飛び乗った。

ふと机の上を見ると、分厚い資料の横に写真立てが置かれている。

「僕の写真だ」

「いつもご覧になってますよ」

——ぎゃっ。

さらりと言われて、ひなたは恥ずかしくなる。

鷹矢はきっと、普段から自分の話を身近な人にしているに違いなかった。でなければ、三澤がここまで気を遣ってくれる訳がない。

結局ひなたは、書類を渡すために来たにもかかわらず、三十分もオフィスに居座ってしまった。しかし恐縮するひなたに三澤は嫌な顔ひとつせず、エレベーターホールまで見送りに来てくれた。

「会議が長引いて、申し訳ありません。本当はもう終わっている時刻なのですが……」

「いいえ、とんでもないです。こちらこそお時間を割いて頂いて、すみませんでした。本当に、ありがとうございました」

「またゆっくり、いらしてください」

その後存分にビル内のショップを見て回ったひなたは、ご機嫌で帰宅する。それから暫くして、ひなたが夕食の準備をしている最中に、鷹矢が帰ってきた。

「ただいま。オフィスに来てくれたのなら、待っててくれればよかったのに」

「だって鷹矢さんのお仕事、何時に終わるか分からなかったから」

それは事実なので、ひなたの指摘に鷹矢は気まずそうに黙り込む。

「でも仕事している鷹矢さん、格好よかったですよ」

「本当かい？　ひなたにそう言って貰えて、嬉しいよ」

浮上させようとつい言ってしまった本音は、予想以上に鷹矢を喜ばせたようだ。

――格好いいのは本当だけど…でも、やっぱり言わなきゃ良かった…恥ずかしいよ。

満面の笑みを浮かべる鷹矢に、ひなたは慌てて付け足す。

「そうそう、三澤さんを困らせないように、真面目にお仕事して下さいね」

「……何か言われたのかな？」

「いいえ。三澤さんは鷹矢さんとお仕事するのは楽しいって言ってましたけど、この間までふらふらしていたんでしょう？　遊び癖が出ないように、一言いわせて貰っただけです」

「分かったよ。これからは、もっと気合いを入れて真面目に仕事をします」

これに関して鷹矢は下手に言い訳をしても分《ぶ》が悪くなるだけと判断したのか、大人しく承諾してくれた。

照れ隠しで言ったとは、鷹矢も気付いていないらしく、ひなたは内心ほっと胸を撫で下ろす。

「それにしても本当に、偉い人だったんですね」

「どういう意味だい？」

「えっと、全然そんなふうに見えないから……」

別に疑っていた訳ではなく、家に居る時とのギャップが激しいからだと、ひなたは説明する。

黒正グループの正式な後継者であるにも拘わらず、鷹矢は年下のひなたと普通に接してくれる優しい青年だ。でも会議室で見た鷹矢は、専務という立場以上の威厳のような物がひなたにも感じられた。

「……だから初めて鷹矢さんが、手の届かない人みたいに思えたんです。驚いちゃいました」

「随分と買い被ってくれたんだね。お世辞でも嬉しいよ」

「お世辞じゃないです」

真顔で言うと、鷹矢が困ったように少し笑った。

――鷹矢さん、もしかして照れてる?

どうやら照れているらしいと分かって、何だかひなたもつられて微笑む。

「ああ、そうだ。休日を潰して書類を届けてくれたんだから、ひなたにお礼をしないといけないね」

「別にいいですよ」

「いや、よくない。だから、次の日曜日は空けておくように。いいね」

「はい……」

珍しく強気で念を押す鷹矢に、思わずひなたは頷いてしまった。


一体鷹矢が何をしようとしているのか知らされないまま、ひなたは日曜日を迎えた。朝早くに起こされて、眠い目を擦りながら朝食を取っていると、鷹矢がとんでもない事を言い出す。

「今日は、デートしよう」

「えっ…ええ！」

「そんなに驚く事かい？」

——驚くに決まってるよ！

フォークを目玉焼きに刺したまま固まってしまったひなたを、鷹矢が訝《いぶか》しげに見つめる。

「ひなた？」

「僕、デートなんて初めてで……」

明るい性格のひなたには男女問わず友人が多く、中学までは近所の女の子達とも普通に遊んでいた。けれど誰か特別な相手というのはおらず、遊びに出かけても数人のグループで行動しており、とても『デート』なんて呼べるものではなかった。

「じゃあ、私がひなたの初めての、デートの相手になるんだね」

「その『デート』って言い方、止めて下さい」

「何故？　私達は婚約してるんだから、構わないだろう」

このまま押し問答を続けても、のらりくらりとかわされてしまうのは目に見えている。

「……分かりました」

仕方なく頷くと、鷹矢が満足げに目を細めた。

「どこか行きたい所はある？　ひなたのリクエストに応えるよ。今日はこの間のお礼だから、いくらでも我が儘言っていいからね」

「本当ですか？　えっと……」

鷹矢の言葉に、ひなたは目を輝かせた。けれどいざ考えてみると、なかなか行きたいところが思い浮かばない。

友達の一華や千里とよく行く場所は、渋谷周辺が多い。そこで主に洋服買ったり、映画見たりして時間を過ごす。

――別にデートっていう言葉に拘《こだわ》っている訳じゃないけど……いつもと同じじゃ、何だかつまらないし…子供っぽいって思われたら嫌だし……。

なかなか決められないひなたは、鷹矢に行く場所を任せる事にした。

「鷹矢さんの好きな所でいいです」

すると鷹矢は少し黙ってから、真顔で告げる。

「変な所に連れて行ってしまうかもしれないよ」

「そうなんですか！」

「嘘だよ。そんな事をしたら、君に嫌われてしまうからね」

慌てるひなたに、鷹矢はすぐ否定してくれた。

――でも鷹矢さん、半分本気だったような……。

結局鷹矢の提案で、まずは映画を見に行く事になる。

朝食を済ませてから向かった先は、映画館が密集する繁華街。

「迷子になると大変だからね」

そう先に言って、鷹矢がひなたの手を握る。

――あ、病院で会った時と同じだ。

病院の庭で出会った時も、こうして手を繋いだ事を思い出して、ひなたは頬を染めた。

不思議なことに鷹矢と手を繋いでも、やはり嫌悪感は感じない。

人混みの中、寄り添うようにして歩いていくと、鷹矢が小さな映画館の前で足を止める。

「よかった、時間もぴったりだ」

――あれ、ここ…。

看板には、ひなたが以前から見たかった動物ドキュメンタリーのタイトルが書かれていた。

周囲の映画館には休日という事もあって人だかりがしているのに、ここはほとんど人が居ない。

「どうして、僕が見たいと思ってた映画を知ってるんですか?」

「ひなたが読んでた雑誌の宣伝ページに、折り目が付いていたからね。すぐに分かったよ」

そういえば、雑誌をリビングに置きっぱなしにしていたのを、今更思い出す。

友達は皆、アクションや恋愛映画が好きなので誰も誘えず、一人で見に行こうかＤＶＤになるのを待とうか、迷っていた所なのだ。

「始まる前に、入ろう」

「はいっ」

些細な事だけれど、ひなたの好みを把握して行動してくれる鷹矢に嬉しくなる。

映画が終わると、あらかじめ鷹矢が探しておいてくれたらしいカフェへと案内された。

そのさり気ないエスコートに、ひなたはデートも悪くないと考え始める。

「ここのアップルパイは、美味しいって評判だよ」

友人達と遊ぶ時の食事は、ほとんどファーストフードだ。だからこぢんまりとした雰囲気のよいオープンカフェは、ひなたにとって物珍しい。

置いてあるメニューも手作りらしく、どれも美味しそうだ。

鷹矢が指差したメニューのアップルパイを見て、ひなたは早速注文しようとしたが、ふと考え込んでしまう。

「どうしたんだい?」

「この間、鷹矢さん僕に『太った?』って聞いたじゃないですか。それで……」

成長期だから、いくら食べても大丈夫という訳でもない筈だ。ひなたは運動系の部活に入っている訳でもないので、多少は自制した方がいいだろう。

ただでさえ鷹矢の手料理は美味しいので、つい食べ過ぎる傾向にある。

すると鷹矢が急に笑い出したから、ひなたは余計気落ちして項垂れた。

「ごめんね。太ったって言ったのは、冗談だよ」

「ひどい!」

「すまない、ひなた。もう冗談でも言わないから、機嫌を治してくれないか」

「……仕方ないですね」

平謝りの鷹矢に、ひなたは笑いを堪えながら頷く。

鷹矢と話していると、年齢の差を感じない。きっと気を使ってくれているのだろうけど、鷹矢はそれを全く感じさせないし、彼も心から楽しんでいるのが分かるから、ひなたも安心して会話ができるのだ。

――一華達と遊ぶのも楽しいけど、鷹矢さんとのお出かけも新鮮でいいな。

注文すると、程なくバニラアイスの乗った大きな熱々のアップルパイが運ばれてくる。

早速ひなたは、パイを切り分け口に頬張る。

「このお店に、よく来るんですか？」

鷹矢はそんなに、甘い物好きではない。

今も彼の前に置かれているのはブラックコーヒーだけである。しかしどうしてアップルパイの情報を知っているのか、ひなたは疑問に思う。

もしかして鷹矢には、彼女が居るのではないかという疑いが脳裏を掠める。

けれど返された言葉は、信じられないものだった。

「部下の女の子達に聞いたんだよ」

「鷹矢さんが？　どうして？」

「好きな相手を喜ばせたいと思うのは、当然だろう」

優しく微笑む鷹矢に、ひなたは胸の奥をぎゅっと掴まれたような感覚に陥《おちい》る。

自分よりずっと年上の鷹矢が、真剣にひなたの事を考えてくれている。そう思うと、くすぐったいような嬉しいような気持ちが生まれて、自然と微笑んでしまう。

「これでも、かなり緊張してるんだぞ」

「うそ」

「嘘じゃないさ」

照れ隠しなのか、鷹矢が笑った。

初めてのデートは、幸せな気持ちのまま幕を閉じた。


相変わらず鷹矢は連日残業で、帰宅時間は夜半を過ぎる事も多くなっていた。

そうなると当然、コミュニケーションの機会も減ってくる。

ひなたは寂しいけれど、口に出しはしない。そんな事を訴えても、鷹矢を困らせるだけだと分かっているからだ。

けれど何もしないでいるのも嫌なので、ひなたはちょっとした出来事を書き綴《つづ》った手紙をリビングに置いて、眠るようにしていた。

すると翌日の朝には、律儀に鷹矢からの返信が置いてあり、彼も喜んでくれていると分かってひなたも嬉しくなる。

そんな穏やかな日々が、続いていた。

「おじいちゃん、具合どう？　こっちは鷹矢さんと、仲良くやってるよ」

ひなたは受話器に向かって、楽しげに語りかける。

相手は、入院中の幸蔵だ。

既に幸蔵は、ベッドから出て動けるようになっていた。最近では公衆電話のある受付まで介護無しで、出て来られるまでに回復している。

『そうかそうか、よかったな。ひなた。わしは元気じゃから、心配せんでいいぞ』

「看護師さんに、我が儘言ったら駄目だよ」

『我が儘なぞ、言うわけがないじゃろ。子供じゃあるまいし！』

絶対言ってる、と喉まで出かかった言葉をひなたは慌てて飲み込む。

幸蔵が大声で否定する時は、決まって嘘を隠していると長年の経験で分かっている。けれどそれを指摘すると機嫌が悪くなるので、ここは黙っていた方がいいとひなたは判断したのだ。

ともあれ、大声を出せるという事は、それだけ回復したという事にも繋がる。元気の有り余っている様子の幸蔵に、ほっと胸を撫で下ろす。

『わしのコレクションは、どうなっとる?』

「家の方は、川野さんに頼んであるから大丈夫だよ。僕もたまに見に行ってるから、安心してね」

『うむ。そうそう、もうしばらくしたら一時退院できるらしい。わしはもう元気なんじゃが、主治医がうるさくてなあ。吉勝の面目もあるんで、逃げ出す事も難しいし……』

「逃げたら怒るからね。でも良かった」

さすがに聞き捨てならない話に、ひなたは少し厳しく釘を刺す。幸蔵の性格なら、骨董市目当てに脱走を図りかねないからだ。

——おじいちゃんてば、相変わらずなんだから。

しかし近いうちに一時退院ができそうだと聞いて、不安は大分和らぐ。

主治医も外泊が可能だと判断してくれた訳で、それだけ幸蔵が順調に回復している証拠だ。

『退院したら、鷹矢君も誘って骨董市に行くぞ！　ひなた！』

「はいはい」

荷物持ちさせる気満々だと分かり、ひなたは苦笑する。

「じゃあ、お医者さんの言うこと聞いて、ちゃんと治してね」

『分かっとる。お前も、鷹矢君に迷惑かけんように、しっかりせんといかんぞ』

「はーい。じゃあそろそろ切るね。お休みなさい」

受話器を置くと、ひなたは安堵の溜息を零す。

「元気そうでよかった」

いくら鷹矢との同居が楽しいとはいえ、幸蔵の抱える病気への不安は常に胸にある。もしあの日みたいに急に具合が悪くなったらと、ふとした瞬間に考えてしまう。

だが元気そうな声を聞いて、ひとまずは安心した。

「僕も頑張らないと」

別れ別れになっている寂しさは消えないけれど、一人で暗くなっていても仕方ない。それに心配ばかりして落ち込んでは、側で支えてくれる鷹矢にも申し訳ないと思う。

「鷹矢さん、早く帰ってこないかな」

今日は彼と少しだけでも、話がしたい。

けれどやはり鷹矢は残業で、ひなたが会うことは叶わなかった。


数日後、やっと仕事が一段落した鷹矢は、普段よりもずっと早く帰宅した。珍しく鷹矢はお酒を飲んでおり、ひなたは上着を脱がせたりお水を持ってきたりと、甲斐甲斐《かいがい》しく介抱する。

「そんなに酔ってはいないと思うんだが……」

「いいんです、僕がしたいだけですから」

実際の所、鷹矢は酔っぱらってはいない。

けれどこれまでの頑張りを知っているし、いつも鷹矢にしてもらってばかりだから、少しでも自分にできる事をひなたはしたいのだ。自己満足と分かっているが、鷹矢の世話を焼くのは初めての経験でなかなか楽しい。

「これでしばらくは、ゆっくりできますね」

「ああ、やっとひなたとおしゃべりができるよ」

とても嬉しそうに言う鷹矢に、ひなたは笑顔を浮かべる。

ソファに座ってくつろぐ鷹矢の隣へ、ひなたも寄り添うようにして腰を下ろす。久しぶりだからか、彼の体温がとても心地よく感じて、無意識にひなたは擦《す》り寄った。

すると鷹矢の手が頬に触れて、そっと上向かされる。

「ひなた……」

「……ん…」

ゆっくりと、唇が重なる。

――あ…またキスされちゃった……。

抱き締められても、ひなたは抵抗せず大人しく鷹矢の腕に収まっている。

別に鷹矢との婚約を、受け入れた訳ではない。

ただ優しい触れ合いは好きで、久しぶりに感じる鷹矢の体温をもっと感じたいと思っただけなのだ。

角度を変えて何度も重なる唇の感触に、ひなたは微笑む。

「どうして、婚約を嫌がるのか教えてくれないか?」

やっと唇が離れたと思ったら、いきなりそう問われて、ひなたは小首を傾げた。

「私の事が、嫌いだから……という訳でもないんだよね?」

「はい……」

鷹矢の事は嫌いではないし、それどころか好意を持っている。けれどそれを婚約やら結婚へ繋げるのは、どうも納得いかないだけだ。

真剣に見つめてくる鷹矢に、ひなたは言葉を探しながら口を開く。

「えっと……僕、どうしてだか分からないけれど、今まで男の人ばかりに告白されてたから、いくら鷹矢さんでも……その……お付き合いとか、婚約とか考えるのは嫌なんです……」

「他の男に、告白されたのかい?」

「はい。幼稚園の頃から……今なんて男子校だから、告白もラブレターも前より多くなって、最悪ですよ。でももちろん、全部断ってますよ」

話すうちに、鷹矢の表情が変わり始める。

「鷹矢さん?」

「ひなたは可愛いからね、仕方ない事だと分かってはいるけれど……」

いきなりひなたの視界が、ぐらりと揺れた。

鷹矢の手でソファに押し倒されたのだと気付いたけれど、動揺してどうしてよいのか分からない。

「なにっ？」

「愛してる…」

覆い被さってきた鷹矢の胸を、反射的に押し返す。

――鷹矢さん？

しかし鷹矢はびくとも動かず、退いてもくれない。

「君が欲しい」

「えっ…まって……ぁ…」

「もう我慢できないよ、ひなた」

鷹矢の指が、ひなたのパジャマをたくし上げた。その間に再び唇を塞がれ、強引にディープキスが始まる。

「んっ……ふぅッ」

普段のスキンシップとは違い、貪るようなキスにひなたは怯える。息継ぎもままならない状態で体をまさぐられ、ひなたの恐怖は大きくなるばかりだ。

「嫌っ」

やっと唇が解放されてひなたは拒絶の悲鳴を上げたが、鷹矢は止めてくれない。

暴れても圧倒的な力の差があるので、あっさり押さえ込まれ、ズボンと下着を取られてしまう。

「綺麗だね」

恥ずかしい部分に鷹矢の視線を感じて、ひなたは羞恥と怒りで真っ赤になった。

自慰《じい》も滅多にしない中心に鷹矢の指が絡み付き、ゆっくりと擦り上げる。

「可愛いよ、ひなた」

「やめて…鷹矢さん!……あんっ」

恐怖に萎《な》えていた中心だが、快感を与えられると次第に熱が籠《こ》もり始めた。

先端を弄《いじ》られると、勝手に腰がびくびくと跳ねて、焦れたような感覚が下腹の奥で生じる。

「もう、とろけてる」

「やあっ」

先端の窪《くぼ》みに滲む先走りを指先で擦りながら、わざと鷹矢が告げた。

「ひなたは、敏感なんだね」

「ちがい…ますっ…ッ」

「だってほら、少し擦っただけで溢れてくるよ」

「いや……ぁ……」

体の反応を言われると、それだけで感じてしまう。

鷹矢の指が、一際《ひときわ》敏感な先端ばかりを狙って愛撫を続ける。

「ん……ふ…」

「もっと、声を聞かせてほしいな」

耳元で囁かれて、ぞくりと肌が泡立つ。

そのまま耳朶《みみたぶ》を噛まれ、ひなたは甘い悲鳴を上げた。

「あっ…ぁ…ンッ」

切羽詰まった声を上げて身を捩ると、呆気なく中心から手が離れる。ほっとしたひなただが、鷹矢の指はそのまま下腹を辿《たど》って胸元に触れた。

そして、胸元で震えるピンク色の突起を強く摘む。

「それ、やっ……」

「ここ?」

「ッ……」

ひなたが声を上げる場所を探しては、鷹矢は意地悪な愛撫《あいぶ》を繰り返す。

逃げ出したいのに、体からは力が抜けて指一本まともに動かせない。

「や、めて……嫌っ…」

「こんなに可愛い姿を見て、今更止められないよ」

首筋を噛みながら、鷹矢が低い声で告げる。初めて見る鷹矢の姿に、ひなたはただ怯えた。

「ひなたの体も、気持ちよくなってきているみたいだし、大丈夫だよ」

「…は、ふ……っん」

時折身動《みじろ》いで鷹矢の手から逃れようとするが、更なる快感を与えられて、ひなたの体はソファに沈む。

「お願い…鷹矢、さん……手、離して…」

「駄目だよ。逃がさない」

鋭い眼差しに捕らえられ、息を呑む。

――いつもの鷹矢さんと違う……なんだか怖いよ…。

指と唇が肌を掠める度に、ぞわりとした刺激が背筋を伝って全身に広がる。

「あっ…いやぁ……」

強引な鷹矢に怯えて、いつしかひなたの目尻には涙が浮かんでいた。

「ひなた、君が欲しい」

「やんっ……」

求める言葉に、ひなたはただ首を横に振る。

ソファに押さえつけられていた腰へ腕が廻され、脚を強引に広げられた。

「ひっ」

最奥の窪みを探るように鷹矢の指が撫で、ゆっくりと侵入してくる。

自分でも触れたことのない場所に異物が入り込み、ひなたの体はそれを排除しようとして強く締め付けた。

「痛いよっ」

「力を抜けば楽になる」

「や…たかやさ……抜いて……」

痛みを訴えても、鷹矢は構わず指を進める。

緊張と恐怖でひなたの体はますます堅くなり、張り詰めていた中心からは熱が引いてしまう。けれど内部で鷹矢の指がある一点を押した瞬間、甘ったるい刺激が背筋を駆け抜けた。

「ん、くっ」

「感じてるね」

「ち…がいま……あ、ァ…」

中心を弄られて感じた物とは全く違う快感に、ひなたは翻弄《ほんろう》される。

いつの間にか萎えかけた先端から、再び蜜が溢れていた。

「や、もう…」

ひなたの反応を見ながら、鷹矢が指を二本に増やす。

そして後孔を解《ほぐ》すように、丹念にかき混ぜる。

「ひあっ」

「ひなた…」

「鷹矢さん……ねがい…やめて……んっ」

前と後ろを同時に弄られたひなたは、我慢しきれず達してしまう。

「ぁ…いや……」

射精しながら、体が勝手に埋められたままの指を、きゅうきゅうと何度も締め付ける。

その度に前立腺を刺激され、ひなたの快感は持続する。

「大丈夫か、ひなた……」

「う…もう、嫌っ」

涙で濡れた頬を鷹矢が指で拭おうとするが、ひなたは力を振り絞って振り払う。

「……嫌、大っ嫌い！」

そう言って顔を背けると、やっと鷹矢が体を離す。

「すまなかった」

謝罪の言葉が聞こえたが、ひなたは鷹矢を見ないようにして唇を噛む。今口を開いたら、大声で泣き出してしまいそうだった。

無言のまま見向きもしないひなたに、諦めたのか鷹矢がリビングを出て行く。彼の部屋のドアが閉まるのを確認してから、ひなたもパジャマを掴んで自室に駆け戻った。

「鷹矢さん…大嫌い…最低……」

呟きながら、後ろ手にドアを閉めて座り込む。

泣き疲れたひなたは、そのまま床にうずくまって眠り込んだ。

3

翌朝、ひなたは鷹矢《たかや》と顔を合わせたけれど、とても彼と話をする気になどなれず、朝食も食べずにマンションを出た。

結局その日は学校を早退して昼頃に帰ってみると、テーブルには一通の手紙が置いてあった。

内容は昨夜の謝罪だったが、ひなたは破り捨ててから、見せつけるようにリビングの床にまいたのである。

それから買ってきたお菓子を抱えて、部屋に立てこもった。

もし鷹矢が強引に部屋に入ろうとしたら、どう阻止《そし》しようかと考えたりもしたけれど、ひなたが危惧したような事は起こらなかった。

どうやら鷹矢は破られた手紙を見て、ひなたが相当怒っていると判断したらしい。これ以上の関係悪化を避けるためか、手紙以外の接触は一切なくなった。

ひなたとしては望んだとおりの結果になったのだけれど、いざ鷹矢と話ができなくなると、何故か面白くない。

日を追う事に鷹矢は帰宅が遅くなり、ついでに出勤時刻も早くしたらしく、足音すら聞かない日々が続いていた。

当然食事も別だが、料理のほとんどは鷹矢が作り置きしてくれたものだ。自分でも情けないと思いつつ、捨てるのももったいないので、ひなたはつい食べてしまう。

このまま、顔を合わせずにいたらどうなってしまうのだろうかと、十日目にして不安が胸を掠めた。

けれど自分から頭を下げる気など、さらさらなかった。

「あーあ。もうやだ……」

ここ数日、教室でひなたが机に突っ伏す姿は毎日の事なので、誰も珍しそうに見たりもしない。

唯一親友の一華だけが、隣に座ってひなたを気遣ってくれる。

「どうしたの？　お腹壊した？」

見当違いの慰めだけれど、元気のないひなたは突っ込む気も起きなかった。

「それとも、鷹矢さんと喧嘩《けんか》でもしたの？」

けれど不意打ちで核心をつくから、一華は油断できない。頬を膨らませて、顔を上げたひなたはごまかそうかどうしようか悩む。

――一華って、たまーに鋭いんだよね。

だが下手に嘘をついた場合、発覚するとこのおっとりした友人はとても怒るのだ。

「あっちが悪いんだよ」

事の核心はとても話せないから、ひなたは必要最低限の言葉だけを呟く。

「僕は悪くない。本当だよ」

「ひなって、意外に強情だからね。鷹矢さん苦労しそう……」

心から同情したように言われて、さすがにひなたもむっとする。

「一華、なんか言った?」

「人間てね、図星指されると怒るんだよ。知ってる?」

「知らない」

さらりと切り替えされて、ますますひなたは不機嫌になる。

悪いのは、明らかに鷹矢なのに、何故一華にまでこんな事を言われなければならないのか分からない。けれど仲違《なかたが》いした経緯は絶対に話せないので、結局ひなたは黙るしかないのだ。

「喧嘩中なら、うちに泊まりに来なよ。一緒にいるとやっぱり気まずいし、少し冷却期間を置いた方が、お互い冷静になれるんじゃないかな」

膨れて無言になったひなたに、一華が建設的な提案を持ちかけた。とてもありがたい申し出だが、ひなたは少し考えてから首を横に振る。

「……遠慮しとく」

「家出したかったら、いつでも言ってね」

鷹矢に対して怒りがあるのは事実だけれど、離れようとまでは思わない。自分でも矛盾してると思うから、苛々だけが心に蓄積されていく。

「喧嘩が嫌なら、話し合えばいいのに」

一華の意見はもっともだが、素直に頷けない。

「無理だよ……」

呟いた声は、自分でも驚くほど弱気でひなたは驚く。

解決の糸口は何も見いだせないまま、また一日が過ぎていった。

「ただいまー」

誰もいないと分かっていても、ひなたはつい声を張り上げてしまう。それは幸蔵と暮らしていた時からの習慣なので、今更止められない。

鷹矢と同居を始めてから、ひなたより先に彼が帰宅していた事は一度もないので、返事がなくても別に何とも思わない。けれど広すぎるリビングに響く自分の声を聞いて、不意にひなたは寂しくなる。

「別に、鷹矢さんがいないのなんて、いつもと同じじゃん」

言い聞かせるように呟いて、ひなたは一人で夕食を取り、さっさとお風呂を済ませるとすぐに部屋に立てこもった。

鷹矢が帰ってくるのは深夜だと分かっていても、万が一でも顔を合わせる可能性を減らしたいので。

とはいえ、部屋に籠城《ろうじょう》しても宿題を終わらせるとする事はない。テレビはリビングなので、見たくても行けば帰宅した鷹矢と鉢合わせするかもしれないから、迂闊《うかつ》に部屋を出られないのだ。

仕方がないので、ひなたは早々にベッドへ入って丸くなる。

「あんな事…するなんて……」

一人きりになると、どうしても思い出してしまう。

鷹矢は何故、強引な行為に出たのかと考えるが、さっぱり分からない。だが翌日、鷹矢の手紙を破ったのは、やりすぎだったかもしれないと少しだけ後悔する。

しかしここまで徹底的に避ける必要はないだろうと、自分の行動を棚に上げて、ひなたは思う。

鷹矢がわざと顔を合わせないように時間調整をしているのは、自分を嫌いになってしまったせいかと考えて、ひなたは急に不安になった。

「でも、僕が悪い訳じゃないし……鷹矢さんがいきなり…するから……」

非は絶対に、鷹矢にある。

でなければ鷹矢も、すんなり謝罪したりしないはずだ。

それにもし、鷹矢に嫌われたのだとすれば、婚約は自動的に解消となるので、ひなたとしては喜ぶべき事になる。

なのに心はもやもやとした苛立ちを抱えたまま、全くすっきりしない。

「鷹矢さんのばか……」

全部鷹矢のせいだと決めつけて、ひなたは頭まで毛布を被る。と、その時、微《かす》かな音が聞こえてきた。

——帰ってきた！

時計はまだ、九時を少し回ったくらいである。こんな時間に鷹矢が帰宅するのは、ここ数日なかった。

玄関のドアが閉まる音がしてから、彼の足音がリビングに向かう。ひなたはドキドキしながら、耳を澄ませる。

——鷹矢さんが謝っても、絶対許さないんだから。

足音はゆっくりと近付いてきて、ひなたの部屋の前で止まった。

いつドアをノックされるかと思い、不安と期待を半々に待ちかまえるが、一向にそんな気配はない。

——鷹矢さん？

だからといって、自分から出て行くなど絶対にしたくない。ひなたは暗闇の中、枕を抱き締めて扉を睨む。

たった数歩の距離。

鍵のない一枚のドアを隔てて、彼がいる。

けれど、ひなたには、鷹矢がとても遠い存在に感じる。

——どうしたんだろう……。

いつしか痛み出した胸を、ひなたはそっと押さえた。

ドアの向こうにいる鷹矢は、何のリアクションも起こさないまま立ち続けている。互いの存在を意識しながら、二人は動けない。

胸の痛みに耐えきれず、ひなたがベッドから出ようとしたその時、ドアの向こうで溜息が聞こえた。我に返ったひなたは毛布を被り、改めて寝たふりを決め込む。

すると、まるでひなたの行動を察したかのように、鷹矢はドアの前から立ち去る。彼が自室へ戻る足音を確認してから、ひなたは溜息をつく。

――鷹矢さんなんて、大嫌い…。

目蓋を閉じてみても、気持ちが高ぶっているせいかひなたは落ち着かず、何度も寝返りをうつ。

嫌な事は忘れて眠ろうとしても、鷹矢の事を考えてしまってなかなか寝付けない。

「はふ」

ひなたは何気なく、右手をパジャマの隙間に入れた。

苛立ちの原因は、心だけではないようだ。

――何か…へん……。

数日前、鷹矢の手で射精を強制されたせいか、この所ベッドに入ると決まって体が疼いてしまうようになっていた。

元々ひなたは、自慰など余りしない方だった。

だが健康な体は、他人から与えられる快感を覚えてから、あの感覚を求めるようになっていた。

「……少し、だけ……いいよね」

言い訳をしながら、ひなたは下着の中へ指を忍ばせる。ここ数日は触れるのを我慢していたせいか、軽く擦っただけで中心は堅く張り詰めた。

――っ、嘘……。

予想外の体の反応に、ひなたは目を見開く。

手を止めようと思うのだが、中心から生じる感覚が気持ちよくて、指が勝手に動いてしまう。

「……ん……あっ」

次第に息が荒くなり、擦る手も早くなっていく。

「……鷹矢、さん……っ！」

無意識に呟いてしまった彼の名に、ひなたは愕然《がくぜん》となる。

強姦《ごうかん》紛いの行為をされたのにもかかわらず、自慰の最中に彼を思い出すなんて、自分が信じられない。

それでも手は止まってくれず、先走りの蜜が細い指を濡らし始める。

「……こんな、の…嫌…なのに……」

口では拒絶しても、体は鷹矢のくれた愛撫を思い出して熱を高めていく。

酷い行為をしなければ、鷹矢の事は好きでいられた。

それはあくまで、友人としての『好き』であり、恋人に対する『好き』とは違うとひなたは思う。

鷹矢との生活は楽しいけれど、結婚などする気はない。

「…あ…ぅ…」

びくびくと下腹が震え、射精衝動が高まっていく。

ひなたは先端に指の腹をあて、窪みを強く擦り上げた。

「あんっ」

閉じた目蓋に浮かんだのは、飢えた獣《けもの》のような瞳で自分を見つめる鷹矢だった。

彼に見られている事を想像しながら達すると、全身がふわりと熱くなり、心地よい感覚が長く続く。

――……僕、何やってるんだろう……。

暫くして我に返ったひなたは、精液で汚れた指を拭おうとして枕元に置いてあるティッシュに手を伸ばす。

ふとひなたは、体の違和感に気が付いた。

——え…あれ？

体の奥が、まだ僅かだけれど疼いている。

今までなら、一度射精すれば体は落ち着いた。けれどまだ足りないように感じて、ひなたはもどかしさに身動《みじろ》ぐ。

そこでやっと、ひなたは自分のどこが疼いているのか分かり青ざめる。

「うそっ」

鷹矢の指が入り込んで散々嬲《なぶ》った後孔が、確かに熱を帯びているのだ。我慢しきれない程の疼きではないけれど、感じるはずのない場所で快感を覚えているという事実が、ひなたを困惑させる。

「やだ…僕……」

思い出せば、自分は中を弄られてよがり声を上げていた。

恥ずかしさの余り、ひなたは枕に顔を埋める。

——絶対、嫌なんだってば！

否定しても、疼きが収まる訳もなく、どうしていいのか分からなくなる。

「僕……信じられないっ」

ショックのあまり、ひなたは真っ赤になって泣き始めた。


悩んでいたのは、何もひなただけではない。

鷹矢はこの数日、出勤しても上《うわ》の空で、全く仕事にならない状態が続いていた。

黒正家の御曹司という立場上、部下への面目を考えればあってはならない事態である。

しかしどうにか取り繕えているのは、三澤以下、側近達の献身的な支えがあるからだ。

けれどいつまでもこの調子では、さすがに三澤も口を出さずにはいられなくなってくる。

「専務?」

「ああ、うん……それでかまわないよ」

「いえ……」

「どうした？」

訝るような視線を向けられ、鷹矢はやっと我に返った。

「まだ何も言ってませんが」

「……そうか」

「差し出がましい事は言いたくありませんが、いい加減しっかりして頂かないと困ります！」

「……ああ」

「失礼を承知で伺いますが、咲月《さづき》さんと何かありましたか？」

「あ、いや……」

友人であり、有能な秘書兼相談役は、洞察力が鋭い。

ごまかそうとしたが、呆れを隠しもせず見つめてくる視線を前にして、鷹矢は苦笑いを浮かべるのが精一杯だ。

「難しい顔で、ずっと写真をご覧になられてますので」

「う……」

「喧嘩ですか？」

「……そんな所だよ」

まさか十一も年下のひなたを、婚約中とはいえ無理矢理押し倒したなどとは言えない。

しかし伊達に長年の付き合いをしていない三澤は、ある程度は感づいているらしく、わざとらしく深い溜息をつく。

「咲月さんはまだお若いんですから、無茶はしないで下さいよ」

「分かっている」

そんな事は、言われなくても承知している。しかし現実は、理性が感情に負けてひなたに怖い思いをさせてしまった。

「どういった事情があるのかはお聞きしませんが、ともあれ専務が折れた方が、宜しいのでは？」

「謝るタイミングが掴めなくてね」

溜息を吐くと、三澤が僅かに片眉を上げた。

彼が驚いた時の癖だと知っている鷹矢は、内心苦笑する。

三澤と知り合った当初から、鷹矢の周囲には常に女性の姿があった。黒正グループの御曹司という肩書きを表に出さずとも、女性達は鷹矢が持つ魅力を感じ取り、留学中は常に数人が側にいるような状況が続いたのである。

鷹矢としても婚約者の存在を忘れていた訳ではないが、それなりに取り巻きの女性達と付き合いもした。

それは結果として、女性に対する接し方を実践的に学ぶ事に繋がった。

なので良くも悪くも、鷹矢が恋心を向ける女性の扱いに長《た》けていることは、三澤は良く知っている。

今回の場合ひなたは男性であるが、色事《いろごと》の駆け引きという点では、鷹矢の方が有利である筈なのだ。

しかし鷹矢は、思い悩んだまま、行動に出ようとしない。

「どうしたんですか?」

ついうっかりといった様子で口を滑らせた三澤に、鷹矢は肩を竦めてみせる。

「怖いんだよ。次に失敗したら、今度こそ完全に嫌われてしまう可能性があるからね。いや、もう嫌われてしまったかな……」

自分でも、弱気な発言だと思う。

だが、恋心というものは厄介で、本気になればなるほど、臆病になっていく自分を実感していた。

あの夜、自分は確かに嫉妬をしていた。それも、ひなたに告白をした、見えない相手に対してである。

ひなたは『断った』と言ったにもかかわらず、焦った鷹矢は短絡的な行動に出た。お酒の勢いもあっただろうが、理性を完全に消していた訳ではない。

それどころか、この勢いに乗じてひなたを自分のものにしてしまおうと、冷静にもくろんですらいたのだ。

男として、最低な行為に及ぼうとした自分を、ひなたが恐れ嫌うのは当然と言える。

「基本的な事をお聞きしますが……それで、どちらが悪いんです?」

「私だよ」

即答した鷹矢に、三澤は額を押さえる。

「だったらタイミングも何も、非があるのでしたら謝らないと。しっかりして下さい、専務!」

「……すまない」

「私に謝っても意味がないですよ。それでは私は、会議の準備をしてきますから、専務はこちらの資料に目を通しておいて下さい。先に言っておきますが、今日は一切フォローしませんので、そのつもりで」

「おい、三澤……」

「あんなに素直で、可愛らしい咲月さんを困らせている罰ですよ」

鷹矢の言葉を聞いてすっかり立腹《りっぷく》した様子の三澤は、さっさと部屋から出て行ってしまう。

「分かってはいるんだよ……」

関係を修復したいと願っているが、顔も見せてくれない今の状況では、何を言っても無駄な気がしてならない。

ここまで弱気になるのは、自分にとってひなたが特別な相手だからだと、鷹矢は自覚している。

「でも、そろそろ本気でどうにかしないとな」

写真立ての中で笑うひなたを見て、鷹矢は目を細めた。

ひなたが鷹矢と顔を合わせなくなって、十日が過ぎようとしていた。

相変わらず鷹矢は忙しい中、毎日テーブルに手紙を置いてくれるけれど、ひなたは一切返事を書いていない。

こんな事を続けていては余計ぎくしゃくするだけと頭では分かっていても、ひなたはなかなか素直になれずにいた。

「ねえ、ひな」

「ん？」

親友の一華と連れだって、ひなたは特に目的もなく街中を歩き回っている。日曜日の都内は人が多くて苦手なのだが、今は雑踏の中で気を紛らわせていたかった。

本当は一人で出かけるつもりだったのだけれど、ひなたを心配して一華はわざわざ予定を空けて来てくれたのである。

「お休みなんだから、鷹矢さんと仲直りする絶好のチャンスなのに……出てきてよかったの？」

「いいの。それに向こうも仕事みたいだし」

ひなたが起きた時にはもう鷹矢はおらず、朝食の横に恒例の手紙が置いてあるだけだった。

手紙には毎回書かれる謝罪の言葉と一緒に、今日の予定が箇条書きに記されていた。

「そうなんだ……鷹矢さん、お仕事忙しいんだね。そういう時は、ひなが健康管理してあげないと」

「そんな面倒な事、したくないよ！」

「強情なんだから」

一華は既に、ひなたが勢いだけで鷹矢との喧嘩を続けていると見破っている。それをひなたも分かってはいるけれど、何故か虚勢《きょせい》を張ってしまうのだ。

「元々おじいちゃんが強引に決めた同居なんだし、あの人の健康管理なんて僕には関係ないもんね」

「もう……」

つんとそっぽを向いたひなたの耳に、一華の溜息が聞こえる。

――悪いのは鷹矢さんなんだし、もっと誠意をもって謝ってくれれば許してあげてもいいんだけど……。

そう言おうと口を開きかけたひなたの袖を、一華が強く引いた。

「なに？」

「ねえひな。あれ、鷹矢さんじゃない？」

「へ？」

間抜けな声を上げて、ひなたは一華が指差す方向を見る。

最初は一華の見間違いかと思ったが、歩いているのは確かに鷹矢だった。その上、綺麗な女性と楽しげに話をしている。

買い物の途中なのか、鷹矢は大きな紙袋を抱えていた。

「会社、近くなの？」

「ううん、違う……」

近くどころか、鷹矢のオフィスが入っているビルは、全く正反対の方向にある。

——どうして？　今日はお仕事の筈じゃ……。

ひなたは冷静になろうとするけれど、頭が混乱して必要最低限の言葉しか出てこない。

「綺麗な人だね、彼女かな？」

鷹矢と婚約している事を知らない一華の言った、さり気ない一言がひなたの胸に突き刺さる。

「追いかけてみようよ！」

「え、でも……」

「ひなは気にならないの？」

「……なる、けど…」

誰がどう見ても、二人は恋人同士である。

すっかり好奇心の固まりとなってしまった一華が、ひなたの手を掴んで走り出す。いつもならひなたの方が率先して騒ぎの中に飛び込むのだけれど、今日は全く立場が逆転している。

「どこに行くんだろうね？」

興奮しているらしい一華は、幸いな事にひなたの変化には気付いていない。

俯いたまま、手を取られて走っていたひなただったが、急に一華が立ち止まりその背に頭をぶつけてしまう。

「痛っ」

「何してるの、ひな。ちゃんと前見てよ！」

「一華こそ、いきなり立ち止まらないで！」

言い争いになりかけた二人だが、先に一華の方が我に返った。

「しーっ、ひなた…あそこ……」

「どこ？」

一華に引きずられるようにして、ひなたは街路樹の影に隠れる。そのまま鷹矢の様子を窺っていると、彼は女性を伴ってホテルへと入っていく。

そこは芸能人など有名な人達が、結婚式を挙げる事で知られたホテルだった。

入り口には、『ブライダルフェア』と書かれた看板が掲げられている。

——もしかして、式場の見学？

自分と鷹矢は、祖父同士が勝手に決めた婚約相手だ。一応は祖父達の顔を立てる為に鷹矢は自分と同居をしてくれていたが、本当は想う相手が他にいたのだろう。

——そうだよね…可愛い、なんて言ってくれたけど…僕は男なんだし。鷹矢さんみたいな素敵な人に、彼女がいない訳ないじゃん。

祖父達やひなたに告げず式を挙げてしまえば、流石に二人を引き裂くことは難しくなる。だから鷹矢は、ひなたに嘘の予定を書き残してまでこのホテルへ来たのだろう。

「……中まで追いかけてみる？」

振り返った一華が、訝しげに顔を覗き込む。

明らかに青ざめていると自覚するけれど、ひなたはとても冷静になれない。

「ううん」

これ以上この場に居たくなくて、ひなたはホテルに背を向ける。

「ごめん。もう帰るね」

「ひなた？」

それだけ言うのが精一杯で、他には言葉が出てこない。ひなたは、泣き出したい気持ちを堪えて駆け出した。

マンションに戻ったひなたは、そのまま自室に飛び込みベッドに突っ伏す。

帰り道、ずっと我慢してきた涙が溢れてきて止まらなくなる。

「…鷹矢さん……」

やはり鷹矢は、祖父達が強引に決めた婚約を快く思っていなかったのだ。

落ち着いて考えてみれば、同性で十一歳も年の離れた自分を、本気で婚約者として扱ってくれる訳がない。

いくら可愛いと言われていても、所詮《しょせん》は男だ。

——好きな人がいるなら…早く言ってくれれば良かったのに……やっぱり、僕が子供だから…言うと怒ると思って、言い出せなかったのかな?

今まで鷹矢は、何度も自分に『愛してる』と言ってくれた。聞く度に、ひなたの心は春の日だまりみたいにほっこりと温かくなった。

でもひなたは、鷹矢に一度も同じ言葉を返してない。

今考えれば、子供っぽい甘えだったと分かる。

鷹矢のことは好きだけど、それは彼の求める『好き』ではないからと理由をつけて、自分からは何も言わずに済ませていた。

でも現実に彼が自分以外の人と親しくしている姿を見たら、胸が詰まって辛くなった。

――勝手、だよね……。

優しくされるのが当然という態度をしておきながら、鷹矢に付き合っている相手がいると分かった途端悲しくなるなんて、身勝手な考えだ。

彼の事が気になっていながら、努力をしなかったのは自分。

結婚するつもりがないと言いつつも、優しくされる心地よさに、酔っていたのは否めない。

「どうして……『愛してる』なんて、言ったの？」

ここには居ない鷹矢に向かい、ひなたは問いかける。

恋人の存在を隠してまで、同居までしていたのは何故なのか。自分には財産も何もない、ただの子供だ。

けれど鷹矢は『可愛い』と何度も言ってくれたことを思い出す。

――僕の、体目当て……？

価値があるとは思えないけれど、ひなたの持っている物といったらそれしか思い当たらない。

それならそれで、構わないとひなたは思う。

でもそう気付いた途端、鷹矢と結婚する気などない筈なのに、また新しい涙が込み上げてくる。

「僕……鷹矢さんの事が、好きなんだ……」

呟いた声は、程なく嗚咽《おえつ》に変わった。

今更気付いても、ひなたには何もできない。

――鷹矢さんが好き……大好き。

恋人のいる鷹矢に好きだなんて告げたら、少なからず彼も悩むに違いない。どうしたらよいのか分からなくなったひなたは、暗い部屋の中で泣き続けた。

わせた。

「ただいま」

自分の部屋に閉じ籠もって泣いていたひなたは、玄関から聞こえた声にびくりと肩を震

――鷹矢さん……。

いつもなら、鷹矢はひなたに気を遣って、そのまま部屋に入ってしまう。しかし今日に限って、鷹矢は違う行動を取った。

「ひなた。入ってもいいかな」

部屋の扉がノックされ、鷹矢の声が聞こえた。

「どうしても、話したい事があるんだ」

「は、はい……」

切羽詰まったような声に、ひなたは拒絶できず扉へと駆け寄り開けてしまう。久しぶりに側で見る鷹矢の顔に、安堵《あんど》とも悲しみともつかない感情が込み上げてくる。

「電気も点けないで、どうしたんだい？」

いつの間にか外はすっかり暗くなっており、訝りながら部屋の電気を点ける鷹矢をひな

たはぼんやりと見つめていた。

——もう、式の日取りとか、決めてきたのかな？　でもどうして、苦しそうな顔をしてるんだろう？

無言で立ち尽くすひなたを訝って、鷹矢が首を傾げる。

「ひなた？」

「何でもないです！」

「でも……」

「本当に何でもないの！」

ずっと泣いていたせいで腫れぼったい目を乱暴に擦り、ふいと横を向く。

「それで、お話って？」

「ああ、実はね……」

追求される前に、ひなたは鷹矢を促す。すると鷹矢は、背中に隠していた紙袋をひなたに差し出した。

「何ですか？」

「これを、受け取って欲しいんだ」

「へ？」

確かこれは、女の人と歩いていた時に鷹矢が手にしていた袋だ。訝りながら袋を開けると、中にはひなたの好きなブランドの服が入っていた。

「……僕、誕生日はまだですよ」

「まだ一度も君に、プレゼントを渡していなかったことを思い出してね。気が利かない婚約者ですまない」

そんな事を言われても、全然嬉しくない。申し訳なさそうに苦笑する鷹矢を見て、ひなたは悲しくなる。

「……いりません……」

ぽつりと呟いて、袋を突き返す。

すると鷹矢が悲しそうな表情を見せるから、余計胸が痛くなった。

――何でそんな顔するのさ！

酷い扱いを受けているのは自分なのに、どうして辛そうな鷹矢を見て罪悪感を覚えるのか、ひなたは自分自身が理解できない。

鷹矢のことが好きだから、悲しませたくないという単純な理由で悲しくなっているのだけれど、今のひなたにはそれすら分からないのだ。

「あの人と選んだんですか？」

「誰の事だい？」

「ごまかさないで！　僕は知ってます！」

悲しみをごまかすように、声を張り上げる。

「今日、女の人と歩いてたじゃないですか！」

「ああ…そうだけどあれは……」

否定しない鷹矢に、悲しみが増す。

「言い訳しないで！　ホテルに入りましたよね……」

「そこまで、見ていたのか」

驚いたように言う鷹矢に、ひなたは耐えきれず泣き出してしまう。

――やっぱり…鷹矢さんなんて、大嫌い！

彼の前で泣くつもりなどなかったのだけれど、一度溢れ出した涙は止まらない。

「婚約とか……好きだとか、全部嘘だったんですね！　好きになるんじゃなかった！　…鷹矢さんなんて、大っ嫌い！」

そう叫ぶと同時に、ひなたは鷹矢を睨み付けた。

――どうせ嫌われるなら、全部言ってやる。

半ば開き直って、ひなたはしゃくり上げながら鷹矢の腕や胸を闇雲《やみくも》に叩く。

「僕に嘘ついて…式場を見に行ったんでしょう！　僕が怒ると……思ったんですよね…うっ…僕そんな子供じゃない……鷹矢さんに、好きな人がいるなら…仕方ないっ……」

「ひなた」

「子供扱いしないでっ……明日になったら、家に帰るから…そしたら、彼女さんと…ここで暮らして……」

紙袋と一緒に鷹矢を部屋から追い出そうとして彼の胸を押すけれど、逆に彼の手に抱き締められてしまう。

振り払おうとして暴れてみても、体格差が歴然としているので力では全く敵わない。

「ひなた、落ち着いて聞いて欲しい」

「嫌っ！　離してください」

「君の誤解を解くまでは、離さないよ！」

抱き締める力が強くなり、ひなたは完全に鷹矢の胸に閉じ込められた。

「誤解も何も……」

「彼女はね、私の従妹《いとこ》の昌美《まさみ》だよ」

「へ？」

きょとんとして見上げれば、鷹矢が膝をついて視線を合わせてくれる。同じ高さで真っすぐ見つめ合い、ひなたはやっと落ち着きを取り戻す。

「だって……お仕事って手紙に……」

「『君のプレゼントを買いに行く』なんて書いたら、驚かす事ができないだろう？　それに、ある意味仕事だったしね」

「どういう……意味ですか？」

「とりあえず、涙を拭いて。ちゃんと説明するから」

しゃくり上げるひなたを抱き締めたまま、鷹矢がベッドの側に移動する。そして脇に置いてあったティッシュボックスを取って、ひなたに差し出す。

——う……鼻水……。

涙でぐしゃぐしゃになった顔を拭き、真っ赤になるまで鼻をかんだひなたは、不安げに小首を傾げる。

「……説明、してください」

「えーとね君と喧嘩してから、なかなか仲直りのタイミングが掴めなくてね……どうしたら君に許して貰えるか悩んで、従妹の昌美に相談したんだよ。本当は婚約指輪を仲直りのプレゼントに送ろうかと思ったんだけど、『大切な物なんだから、それは二人で選びなさい』って怒られて……」

こんな困り顔の鷹矢を見るのは、デートの時以来だ。

なので相当、彼が思い悩んだとひなたにも分かる。

「でもいざプレゼントを選ぼうと思っても、何を買えばいいか自信がなくてね。結局昌美に頼んで、買い物に付き合ってもらったんだよ」

「……そうだったんですか」

でも、それだけではホテルに入った理由にはならない。ひなたの疑問にすぐ鷹矢も気付いたらしく、どういう訳か笑い出す。

「それとホテルに入ったのは、ちょっと理由があってね」

苦笑しながら鷹矢は、話を続ける。

「昌美の友達が結婚して、その二次会だったんだけど……昌美は付き合っていた相手と別れたばかりで、でも一人で参加はしたくないらしくて。結局、私に白羽《しらは》の矢が立ったわけさ」

つまり鷹矢は、プレゼント選びの見返りとして、昌美の恋人役を演じさせられたのであると分かり、ひなたもつい微妙な笑みを浮かべてしまう。

「じゃあ、あのホテルは二次会の会場?」

「そうだよ。始まる前に買ってきたんだ。さすがに持っては入れないから、ロッカーに預けたけどね」

やっと事の詳細が分かり、ひなたはほっと胸を撫で下ろす。

――じゃあ全部僕の思い込みと、偶然が重なっただけって事？

「散々、昌美に怒られたよ。私が年上なんだから、喧嘩をしたらまず折れてそれから話し合いなさいって。それで私が悪いんだって言ったら……殴られた」

「ええっ」

いくら従妹とはいえ、鷹矢を殴るなんて相当気が強い女性なのだろう。もしかしたら、その気の強さが破局の原因だろうかと、余計な勘ぐりまでしてしまう。

「婚約者なら、もっと気を遣って当然。謝るならプレゼントの一つも持っていくのは、当たり前だってね」

「いえ、別にプレゼントなんて……僕は、気にしてないから……」

いくら勘違いだったにしても、泣き喚いてプレゼントまで突き返したひなたに、鷹矢は優しく微笑みかけてくれる。

何だかいたたまれなくなって、ひなたはしどろもどろになってしまう。

「ねえ、ひなた」

俯いたひなたの耳に、鷹矢の息がかかる。

「泣いてたのは、私に彼女が居るって勘違いしたからだよね」

「え…あ……」

「それに、好きって言って……」

「い、言わないで下さい！」

大声で言葉を遮り、ひなたは逃げだそうとしたけれど、抱き締める手はびくとも動かない。

恥ずかしさの余り真っ赤になったひなたの頬に、鷹矢が口づける。

「君に『好き』って言って貰えて、とても嬉しいよ」

そして横抱きに抱き上げられてしまい、ますますひなたは赤くなった。

「離して下さいっ」

「駄目だよ」

そして今度は、唇を塞がれる。

軽く触れ合わせるだけのキスをしたまま、鷹矢が囁きかけた。

「愛してる。私の、ひなた……ひなたの返事は？」

至近距離で見つめられ、ひなたは一瞬黙り込む。

けれど意を決して、小さく頷いた。

「僕も…です……」

「じゃあ、いいね」

――え？

何の事か分からず小首を傾げたが、鷹矢は構わずひなたを抱いたまま歩き出す。

連れて行かれた先は、彼の部屋だった。


ベッドに降ろされたひなたは、覆い被さってくる鷹矢を恐る恐る見上げた。

すると何故か、真顔で鷹矢が頭を下げる。

「この間は、すまなかった」

「え？」

「君を無理矢理……抱こうとした」

――あ…そう、だよね。僕無理矢理されそうに……。

確かに、あの時の事は鮮明に覚えていて、恐怖感も少し残っている。

「……どうして、あんな事したんですか？」

「君が男に告白を受けていると聞いて、嫉妬してしまったんだよ」

「僕は誰とも、お付き合いしてませんよ！　全部断ってきました。信じてくれなかったんですか？」

「そうじゃない」

優しく、けれどはっきりと告げる鷹矢に、ひなたは息を呑む。

「ひなたが誰とも付き合っていないのは、今までの態度を見ていれば分かるよ。けれどね……もしかしたら、いつか私以外の相手に心を奪われるかもしれないだろう？　そう思ったら、君をどうしても自分のものにしたくなった」

優しい眼差しに、僅かだけれど獣のような鋭さが混じる。

「君を無理矢理抱いても、独占できる訳ではないのにね」

自嘲気味に言う鷹矢に、ひなたは何故か胸が痛む。こんなに強く彼が想ってくれているなんて、今まで考えたこともなかった。

「いいかい？　ひなた」

ここまで来れば、ひなたでも鷹矢が何をするつもりなのか察しが付く。逃げるなら今しかないが、そうするつもりはない。

「はい……」

「怖くなったら、言うんだよ」

「平気です！」

きっぱり言い切ってはみたけれど、多少は不安がある。その最たる物を不意に思い出して、ひなたは鷹矢のシャツをぎゅっと握った。

「あ、でも……」

「ん？」

「僕へんだから、鷹矢さん笑ったりしないで下さい」

笑われたらきっと、自分は泣き出してしまうだろうとひなたは思う。

「何がへんなんだい？」

「……だって僕…この間…された時……」

しどろもどろになりながら、ひなたは思い切って恥ずかしい秘密を鷹矢に打ち明けた。

「お尻が、気持ちよかったんです……」

すると鷹矢は笑うどころか、ひなたの頭を優しく撫でてくれた。

「ひなたの痛みが少しでも紛れるように触ったんだから、当然だよ。でも、少しでも感じてくれたのなら良かった」

「へんじゃないんですか？」

「ああ。後でちゃんと、説明してあげるからね」

「はい」

素直に頷くと、鷹矢が額にキスを落とす。そのまま鷹矢は、器用にシャツのボタンを外し始める。

服を脱がされる間、ひなたはただベッドの上に大人しく横たわっていた。何もしないのも申し訳ない気がして時折鷹矢に手を伸ばすのだけれど、恥ずかしくて結局なにもできないまま指を引いてしまう。

「あの……鷹矢さん……」

シャツを脱がされ、鷹矢の手がベルトにかかった所でひなたはおずおずと切り出す。

「何かしなきゃいけない事があったら、言って下さい」

ひなたにとってセックスは未知の行為だし、この間の事もあるから、決して好奇心だけではまだ受け入れられない。

でも鷹矢にばかりさせるのは、申し訳ない気がするのだ。

「僕、頑張ります」

両手を握り締めて訴えるひなたに、鷹矢が嬉しそうに微笑む。

「その気持ちだけで、十分だよ」

「そんなの、嫌です！」

「……じゃあ、ひなたにもできそうな事を考えながらしてみるよ。でも今は、逃げずに居てくれるだけでいいからね」

返答に納得した訳ではないが、少なくともひなたよりも経験豊富な鷹矢の言葉には逆らえない。

仕方なくひなたは頷き、鷹矢の手をぼんやりと見つめる。

「…ん……」

時折肌を撫でながら、彼の手はひなたの体から衣服を全て剥ぎ取った。下着も何も床に落とされたひなたは、さすがに恥ずかしくなって体を丸めてしまう。

「見ないで、下さい」

「どうして？」

「恥ずかしいからです！」

部屋の灯りは、サイドテーブルに置いてある読書灯だけだが、互いの表情は十分に分かる。

けれど鷹矢はひなたの抗議を無視して、いきなり口づけてきた。

「ん、ぁ」

「口、開いて」

「はい……んむ」

唇を重ねたまま指示する鷹矢に、ひなたは素直に従う。すると舌が口内へ入り込んできて、粘膜を嬲《なぶ》り始めた。

激しい口づけに呼吸が乱れるけれど、粘膜の擦れ合う心地よさも同時に感じる。

「はっふ……」

口づけている間も鷹矢の手はひなたの肌を這い、性感帯を探しては意地悪な刺激を与えた。

「気持ちいいみたいだね」

「……はぅ…っ」

やっと離れた唇が、今度は肩口から胸にかけてキスマークを残していく。肌を吸われるたびに微かな痛みが生じて、ひなたは身を竦めてしまう。

「愛してるよ」

「…ん、くぅ…」

ひなたの心にむりやり犯されそうになった記憶が浮上しそうになると、鷹矢はまるで分かっているかのようにやさしく愛を囁く。

低くやさしいその声は、まるで媚薬《びやく》のようにひなたの耳から体に染みて、次第に恐怖は和らいでいった。

「っ…ん」

快感より擽ったい感覚の方が強くて、ついひなたは笑ってしまう。首筋や鎖骨を嘗められたり触られたりするだけで、背筋がぞくぞくとなる。

「やんっ」

「胸も弱いんだ」

「…そこ……だめっ」

胸元の飾りを口に含まれ、ひなたはびくりと肌を震わせた。

そしてうっかり、鷹矢の頭を平手で叩いてしまった。

「痛いよ、ひなた」

「だって……ひゃっ…ン」

穏やかな愛撫に慣れてうっとりと目を細めていたひなたは、突然襲った強い刺激に悲鳴を上げる。

まだ勃ち上がってもいない中心を、いきなり鷹矢が擦ったのだ。

「鷹矢さん！」

「ひなたのココ。これから可愛がってあげるからね」

「……鷹矢さん、なんかやらしい」

「でも、好きなんだろう？」

見つめると僅かに情欲の滲む視線が返されて、ひなたは息を呑む。普段の優しいだけの鷹矢とは違うのだと分かったからか、不思議と恐怖はない。この間強引に抱かれそうになった時は、もっと切羽詰まったような雰囲気があったけれど、今の鷹矢は欲望だけではなく理性も感じ取れる。

「……うん」

「素直な子には、ご褒美をあげるよ」

だから身を委ねる事に同意すると、鷹矢は艶のある笑みを浮かべて、おもむろに体をずらした。

彼が何をしたいのか分からずただ見守っていたひなたは、躊躇いもせず中心へ顔を近づける鷹矢に狼狽えた。

「鷹矢さん！　そんなの汚いっ……ああっ」

指とは比べ物にならない刺激に、ひなたは背をしならせる。

「そ……やっ……ぁ…」

止めさせたいのだけれど、言葉がまともに出てこない。代わりに甘ったるい嬌声ばかりが、唇から零れる。

そんなひなたの体に、更なる刺激が加えられた。

「ひんっ…あぅ」

前への刺激にばかり意識が向けられていた体は、あっさりと後孔へ指の侵入を許してしまったのだ。

鷹矢の指は少しだけ奥へ進み、前立腺を探り当てるとゆっくりと擦り始める。

「ここはね、前立腺と言って男なら誰でも感じるんだよ」

「…ぁ…は…ぅ……」

「だから、ひなたが感じたのも全然おかしくないから、安心していいからね」

「…は…ひっ……」

冷静に説明をされても、ひなたはまともに返事もできない。

セックスの経験のない体は、舌先で中心を嘗められ同時に前立腺を擦られて、すっかり快楽の虜《とりこ》となっていた。

「も……っう…あんっ」

前と後ろへ与えられる快感のせいで、ひなたはあっと言う間に高みへと押し上げられてしまう。

けれどあと少しで達してしまうという所まで来ると、鷹矢は巧みに快感を逸らし、もどかしい快感を持続させるのだ。

「こうすると、気持ちいいだろう?」

「…ぅ…ぁ、ンッ」

シーツの上で、ひなたは身を捩る事しかできない。

「そろそろ、限界かな」

中心を口に含んだまま、鷹矢が呟く。

その些細な刺激が、決定打となった。

「あっ…ひ、ぅ…ッ」

頭の奥が真っ白になり、ひなたは何も考えられない状態で鷹矢の口内に射精してしまう。

「あ……ぁ…」

射精する間も、鷹矢の舌は震えるひなたの中心を嘗め続け、最後の一滴まで絞り出すように吸い上げる。

「…は…あ……」

指と唇での愛撫がやっと終わり、鷹矢が身を起こした。顔を間近で見て安堵したひなたがその肩に縋り付くと、彼はとんでもない告白をする。

「美味しかったよ」

「へ……嫌ぁ！」

射精した精液を鷹矢が飲み込んだと知って、ひなたは泣きたくなった。でも鷹矢は何だか嬉しそうで、複雑な気持ちになる。

「…鷹矢さん……意地悪……」

「そうかな？」

荒い呼吸が収まると、急に羞恥が込み上げて来る。

鷹矢に抱かれることは合意の上なので、それに関して今更嫌だとは思わない。けれど一方的にされるのは、恥ずかしくてたまらないとひなたは思う。

「……鷹矢さんも服を脱いで！」

気恥ずかしさをごまかすように、ひなたは声を張り上げた。

「さっき、僕にもできそうな事を、考えてくれるって言いましたよね！」

「あ、ああ」

ひなたの剣幕に押されて、鷹矢が頷く。

「今のならできるから、僕もします！」

「本当に？」

「はい！」

威勢よく返事をすると、鷹矢は苦笑しながら服を脱ぎ始めた。

彼の裸は、時々お風呂で背中を流すので見慣れている。けれどベッドの上で見るのは当然初めてだから、何だかひなたは落ち着かなくなる。

「脱いだよ。でもひなた、本当に……」

「します！」

胡座をかいて座った鷹矢の前に蹲ってはみたものの、ひなたはそれを目の当たりにして少し後悔した。

——するって言っちゃったけど、こんな大きいの口に入れるなんてやっぱり無理かも……。

それに目の前の雄は、まだ屹立《きつりつ》さえしていないのである。

「う……」

しかしあれだけの啖呵《たんか》を切った手前、今更後には引けない。

「ん…ふっ」

ひなたは鷹矢の中心に手を添え唇を寄せると、先端をそっと嘗めた。すると手の中で、それがびくりと反応する。

生き物みたいに反応する雄が面白くて、今度は思い切って口に含んでみた。

「…ぁ……はふ…」

とくん、と幹《みき》が脈打ち、芯《しん》が硬さを増す。

「ひなた、オモチャじゃないんだから……っ」

「分かってます…ん…鷹矢さんは、黙ってて…んむ…」

けれどひなたは、手の中の雄が返す反応を楽しむようにして舌と指を使い、鷹矢の欲望を高めていく。

口での奉仕などしたことがないのでひなたの技巧は拙《つたな》いものだが、嘗め続ければそれなりの快感を与えることはできた。

しかし『高ぶらせる』事より『反応を楽しむ』方に重点の置かれた愛撫では、たかが知れている。

「これはこれで、嬉しいんだけどね」

「え…ひゃんっ」

お尻を撫でられて、ひなたは鷹矢の雄から口を離してしまった。顔を上げて睨み付けると、唾液で濡れた唇を彼の指に拭われる。

「もう終わりかい？」

「まだです、鷹矢さんが悪戯するから……っう」

後孔に自分の唾液で濡れた指が触れ、ゆるゆると入り口をなぞる。

「おや、もうひなたは降参するのかな」

「しませんっ」

「なら、続きを頼むよ」

挑発されてつい言い返してしまったひなたは、鷹矢の指を後孔に触れさせた状態で、口《こう》淫《いん》を余儀なくされる。仕方なく幹の中程までくわえ込むと、入り口を弄っていた指が中へ入ってきた。

「ふ…んむ……ぅ」

「舌が止まっているよ」

「はっふ……あっ」

ひなたは嘗めているつもりなのだが、指が内部で蠢《うごめ》くとどうしても意識がそちらに向いてしまい、舌の動きが疎《おろそ》かになる。

「…っ…かや、さん…」

次第に鷹矢の雄が、質量を増してくる。ひなたはくわえ込む事を諦めて、先端を丹念に嘗め始めた。

滲んでくる苦い先走りに、思わず顔をしかめる。

「う……」

「ひなた、もういいよ」

「でも、まだ……」

やせ我慢をして、ひなたは鷹矢の雄に唇を寄せた。

「ひなたに、入れたいんだ」

鷹矢の手がひなたの顎を捕らえて、顔を上げさせる。

「中に、射精したい」

「……はい…」

直接的な物言いに、ひなたは顔を赤くした。けれど、改めて自分がくわえていた雄を見て、今更だが不安が込み上げてきた。

指よりも遙かに太いこれが、自分の中へ本当に入るのか考えると、背筋が冷たくなってくる。

でも『やめたい』などと、言い出すのも悪い気がする。

そんなひなたの葛藤《かっとう》に気付いているのかいないのか、鷹矢がひなたを俯せの状態のまま引き寄せた。

「えっ？」

「この方が、多分楽だから」

お尻だけ持ち上げられたひなたは、頬をシーツに押し付けて横たわる。両脚は膝を曲げた状態で、大きく広げられていた。間には鷹矢の体が入り込んでおり、これでは脚を閉じて拒む事は無理である。

「ゆっくり挿れるからね」

再び、後孔に指が触れる。

今度は二本が差し入れられ、入り口を左右に広げられた。先程解《ほぐ》されたお陰で、痛みよりも快感の方が強い。

「あ…そこ……」

「もう、いいかな？」

「…え？」

広げられた入り口に、熱い固まりが押し当てられた。

それが何であるかなど、見なくても分かる。

ひなたは覚悟を決めて、小さく頷く。

「鷹矢さん…早く……」

「挿れるよ」

「っ…ああっ」

熱いものが、体の中へ入ってくる。

——僕、鷹矢さんと…しちゃってるんだ……。

強引に押し広げられる感覚に、ひなたの目には自然と涙が浮かぶ。

先程まで感じていた快感は消え、ただ痛みだけがひなたを苛む。けれどひなたはシーツを握り締めて、懸命に鷹矢を受け入れようとする。

「んっ…ぁ…」

「さすがにキツイな」

苦しそうな鷹矢の声に、辛いのは自分だけではないのだと分かり、少しだけ緊張が解けた。

「鷹矢…さん……」

「可愛いよ、ひなた……もう少し、我慢できるね?」

「…うん……はぅっ」

一際太い部分が入り口を通過して、狭い肉道を擦り上げた。すると程なく、弄られて熱を帯びていた前立腺にカリが当たる。

途端に、ひなたの肌が淡く色付く。

「それ…や、ンッ」

「…ひっ……くぅ……」

消えかけていた熱が再燃し、腰の奥が甘く疼き出す。

「ここだね」

「あっ…ン」

弱い部分を責められて、ひなたは無意識に腰を揺らめかせた。

本当は逃げようとしてもがいたのだけれど、その動きはどう見ても、雄を誘っている物だった。

「あっ…あ、ぁ……」

小刻みに揺さぶられて、次第に痛みが消えていく。代わりに指が与えたよりもずっと強い快楽が、ひなたを満たす。

「や、前…だめっ」

中からの刺激で勃ちあがりかけた中心に、鷹矢の指が絡められた。鷹矢は更なる快楽を自分に与えようとしていると分かり、ひなたは僅かに怖くなる。

あの夜と同じだと、ひなたは思い出す。

だが、強引に自分を征服しようとした鷹矢と、ひなたを愛するが故に甘い快感を与えようとしてくれる鷹矢とは違うと頭では分かっている。でも一度生まれた恐怖は、なかなか消えてくれない。

「やだっ、鷹矢さん……」

ひなたは肩越しに振り返り、涙目で鷹矢に訴える。

「……やっぱり、顔見たいよ」

見つめ合うことができれば、きっとこの恐怖は和らぐ。

「鷹矢さんの顔を見ながら……鷹矢さんのものになりたい……」

「ひなた…」

「んっ……」

半ばまで埋められていた雄が、ずるりと音を立てて引き抜かれる。

支えを失ってシーツの上にしどけなく崩れたひなたの体がふわりと浮き、仰向けに返された。

「…あ……鷹矢さ……」

覆い被さってきた鷹矢を見上げ、ひなたは微笑む。

「愛してるよ。ひなた」

そう告げると同時に、鷹矢が一気にひなたを貫く。

「ふ、ああっ」

狭い穴を奥まで犯され、ひなたは侵入してきた雄を強く締め付けた。すると電流のように快楽が背筋を駆け上り、全身へと広がる。

ひなたは強すぎる刺激に流され、そのまま射精してしまった。

「あ……あう…ンッ…」

達した余韻で、後孔が根本まで埋められた雄をきゅうきゅうと締め付ける。

――どうしよう…すごく、気持ちいいよ…。

当然まだ鷹矢の雄は堅く、収縮するたびにまた新しい快感が生まれて、ひなたは身を震わせる。

「ひなたは本当に、敏感だね」

精液の飛び散った下腹を撫でられるだけで、腰が疼く。

「…かやさん…動いて…」

恥ずかしいおねだりの言葉が、躊躇いもなく唇から零れる。初めて知ったセックスの快感に、ひなたはすっかり酔いしれていた。

ひなたの言葉に頷き、鷹矢が律動を始める。既に前立腺だけでなく、肉孔全体が快感を感じられるようになっていた。

「鷹矢、さん……僕、へん…っ…また、気持ちよくなってる……っ」

初めてなのに、気持ちよくて堪らない。

ひなたの知る知識では、初めては痛くて仕方ない物の筈だ。だからこれはおかしな事なのではと思い、怖くなって鷹矢に縋り付く。

すると鷹矢は、ひなたをあやすように、何度も啄むような軽いキスを唇に落としながら囁く。

「大丈夫だよ、沢山へんになっていいからね」

大好きな人の一言で、心から不安は吹き飛んだ。

安堵したせいか、体が快楽を素直に受け入れ始める。拙いながらも鷹矢の動きに合わせて後孔を締め付け、ひなたは快楽を貪った。

「あ、奥も…全部……いいの……」

突き上げる動きが激しさを増す中、恥ずかしい体の変化を、ひなたは鷹矢に打ち明けてしまう。

すると内部で雄が脈打ち、より強い快感がひなたに与えられる。

ひなたは脚を鷹矢の腰に絡ませ、体を密着させた。

「きもち、いいよ……」

互いの熱が混じり合い、一つになってしまうような錯覚を覚える。突き上げられるたびに、体の芯が熱くなった。

「たかや、さん…もっと……あっ、ああっ…ッ、いっちゃう……」

下腹がひくりと震え、ひなたは達した。

すると腰を掴んでいた鷹矢の手に力が籠もり、深い部分を抉るように突き上げられる。

そして最奥に、熱い液体が流れ込んだ。

「う…あんっ」

射精されたのだと分かり、ひなたは心から悦びを感じる。

「……僕…鷹矢さんのものに…なったんだ…」

「私も、ひなたのものだよ」

どちらからもなく、二人は唇を重ねる。

まだ息が整わないのに、自然とキスは深くなっていく。

「…ん…ふはっ……え？　鷹矢さん…？」

異変に気付いたひなたが慌てて唇を離すと、微笑む鷹矢と視線が合わさる。

「ひなたが可愛くて、一回じゃとても治まりそうにない。ごめんね」

一応謝罪はしているが、本気で悪いとは思っていないことなど、顔を見れば一目瞭然《いちもくりょうぜん》だ。

文句を言おうとしたけれど、すっかり堅さを取り戻した雄に小突かれて、ひなたは言葉の代わりに甘い悲鳴を上げる。

「や。あんっ…」

「力を、抜いて」

「ん……ああっ」

何をするのかと問う前に、ひなたはいきなり抱き起こされた。胡座をかいた鷹矢の上に座らされたひなたは、自分の重さで雄をくわえ込むことになる。

先程よりもずっと深い場所に堅い先端を感じて、体が歓喜に震えた。

未だ一滴も零れていない精液が潤滑剤となり、痛みはない。

「っふ……はふ……」

「ひなたも、感じてるね」

ひなたを貫いたまま、鷹矢は前に手を伸ばす。そして薄い蜜を垂らす先を、指の腹でくすぐった。

「っあ…それ、嫌っァ」

逃げようとして体を反らすと、内部で精液が掻き混ぜられて卑猥《ひわい》な音が響く。

「なら、こっちは?」

「そ…れも、だめっ…」

精液で粘つく指が、乳首を嬲る。愛撫はさして激しい物ではないが、濃厚な快楽を味わった直後の体は過敏に反応してしまう。

入れられたまま動こうとしない鷹矢に焦《じ》れて、おねだりをするようにひなたの腰が揺れた。

「もう、動いて…鷹矢、さん……ああっ」

奥を突かれて、熟れた肉壁がきゅうっと締まる。

瞬く間に、絶頂に向けて体が上り詰めていく。

「このまま、また中に出すよ」

「鷹矢さん……」

耳朶を甘噛みしながら囁く鷹矢に、ひなたは彼の肩に爪を立てる事で応えた。

「あんっ…また……いく、の……ひ、あッ」

ひなたが達するとほぼ同時に、鷹矢も内部に精を迸《ほとばし》らせた。

流れ込む精液にも、ひなたは感じる。まだ余韻も引かないうちに連続の絶頂を味わい、ひなたの体はひくひくと痙攣する。

ただでさえ敏感な体は、初めての行為に耐えきれず、鷹矢に抱き締められたままひなたは意識を失った。


――ん……あれ？

目を覚ましたひなたは、自分を包む暖かな感触心地よくて、また眠ってしまいそうになる。

けれど、すぐに先程までの出来事を思い出して、ぱっちりと目を開いた。

視界に飛び込んできたのは、湯気とバスルームの壁。

「お風呂……」

「起きたのかい」

「え、あ」

一瞬なぜ自分がお湯に浸かっているのか理解できなかったが、背後から鷹矢の声が聞こえて、やっと彼に入れて貰っているのだと気付く。

急に恥ずかしさが込み上げてきたひなたは、逃げようとしてもがくけれど、鷹矢に抱き締められる事で動きを封じられてしまう。

「離して下さいっ」

「洗ってあげるから、おとなしくしてて」

「自分で洗えます！」

「本当に？」

「ひゃっ」

脚の付け根に、指が触れた。

――なっ…なに？

鷹矢がどこを洗おうとしているのか分かり、ひなたは頬を赤くした。

「自分で洗う？」

「……お願いします」

恥ずかしいけれど、とても自分では洗えない。

「脚を開いて」

言われるまま、ひなたは膝を曲げて脚を開く。

鷹矢の膝に乗せられる形で背後から抱かれているから、恥ずかしい部分を見られる事は無い。

けれど後孔へ入ってくる指の動きは、嫌でも自分の視界に入ってくる。先程まで太い雄をくわえ込んでいた後孔は、指などあっさり受け入れてしまう。

「ひなたの中に沢山出してしまったから、しっかり流さないとね」

恥ずかしい言葉を平気で口にする鷹矢に、ひなたは文句を言いたかったけれど、下手に口を開くと甘い悲鳴を上げてしまいそうで、我慢するしかない。

「ほら、そんなに締め付けたら、洗えないよ」

「は…はぃ……」

体の内側から、くちゅくちゅという恥ずかしい音が響く。

指が中を擦るたびに、治まりかけていた熱がじりじりと広がるのが分かる。

「ッ…まだ、ですか?…ぁ…」

早く終わらせて貰わないと、また前が堅くなってしまう。

「念入りに、洗わないとね」

「う…あ、ンッ」

けれど焦《あせ》るひなたとは反対に、鷹矢はゆっくりと内部の精液を掻き出し続ける。ひなたの中で、精液とお湯が混ざりあい、淫らな音は更に大きくなる。

「あ……ン…ふ……」

息が上がって、次第にひなたの意識は朦朧《もうろう》とし始めた。

「もう少し、かな?」

「鷹矢さん?　…はうっ」

何かおかしいとさすがにひなたも気付いたが、既に体は快感にすっかり溶けていた。中に溜まった精液を出すのではなく、明らかに快感を与える目的で指は動いている。

自己主張するようにふっくらと張り詰めた前立腺を、鷹矢の指が重点的に責める。

「も、だめっ」

「そうかい?　こっちはもっと触ってほしいみたいだよ」

「やん…ぁ…」

内側を弄られて、ひなたは射精してしまう。

荒い呼吸を繰り返しながら鷹矢の胸に凭れると、太腿に堅い物が当たるのを感じて目を見開く。

「えっ…鷹矢さん」

「もう一度だけ……」

「そんなーっ」

鷹矢の言う『もう一度』が、何を意味するかなど聞かなくても分かる。焦ったひなたは湯船から出ようとしたけれど、あっさり掴まり両手で乳首を摘まれた。

「あん…ァ……」

既に全身が性感帯となっている状況で、弱い部分を弄られたら、体から力が抜けるのは当然だ。

「ひなたは、本当に敏感だ」

「ちがう…鷹矢さんが……あぅっ」

自分の声が、バスルームの壁に反響して響く。甘ったるい声に、発したひなたの方が恥ずかしくなり、耳まで真っ赤になった。

「挿れるよ、ひなた」

「ああっ」

腰を持ち上げられ、解された後孔に屹立した雄が入ってくる。先程出された精液が潤滑

剤代わりとなって、ひなたは鷹矢をすんなりと受け入れた。

全く痛みのない挿入は、より快感を意識させられ、全身が歓喜に震える。

「んっく…ぅ」

「ひなたは、ここが好きなんだよね？」

「そこばっか…いや……ぁ」

初めは浅い挿入で、張り出した部分をわざと前立腺に押し当て、萎えた前が堅くなるまで揺さぶられた。

――鷹矢さんの意地悪っ。

立て続けに与えられる快感に、頭の奥がぼうっとして、何も考えられなくなる。

「鷹矢さん…だめっ…」

敏感な所だけを狙って愛撫する鷹矢に、ひなたは嫌々をするように首を横に振った。苦しいのに、後孔は雄を断続的に締め付けて快感を煽る。

「もう、いいかな」

腰を引かれ、鷹矢の雄が根本まで入り込む。

「ぁ…奥まで…来てる……」

鷹矢に抱き締められ、ひなたは柔らかく微笑んだ。苦しいけれど、求められるのは心地いい。

「愛してるよ、ひなた……」

最奥に熱い迸りを感じて、ひなたも震えながら達した。

その後、完全に動けなくなったひなたは、鷹矢にパジャマを着せて貰ってから自分のベッドへ入った。


朝起きて横を向くと、いきなり鷹矢と視線が合わさって、ひなたは思い切り動揺してしまう。

「えっ……あ……」

昨夜のことはしっかりと覚えているから、ひなたの顔は一瞬にして真っ赤になった。そんなひなたを抱き締めたまま、鷹矢がにこりと笑う。

「おはよう、ひなた」

「……おはようございます」

――鷹矢さん？　……昨夜の事って、夢じゃないよね？

しかし気怠《けだる》く動かない腰が、ひなたに全てを物語っていた。

「どうして、僕の部屋に鷹矢さんがいるんですか？」

「私のベッドの方がよかった？」

「いえ……」

気恥ずかしさを紛らわすように質問をすると、悲しげに聞き返されてひなたは小さく首を横に振る。

鷹矢に抱き締められて迎えた朝は、これまで何度かあった。でもそれは単に一緒に眠っただけで、セックスはしていない。

――嬉しいけど、恥ずかしいんだよね…。

複雑な気持ちで鷹矢を見つめると、彼の指がひなたの頬をつついた。

「キスはしてくれないのかな？」

「し、しませんよ！」

「それは残念」

そう言いながらも、鷹矢は笑うように目を細める。

この状態が長く続いたら、言葉巧みにキスをさせられそうな予感がしたので、ひなたは思い切ってベッドから出ようとした。

——あれ？

しかし思うように体が動かず、床へ転がり落ちそうになる始末。咄嗟に鷹矢が抱き締めていなければ、確実に頭をフローリングにぶつけていただろう。

「無理はよくないよ。今日はベッドで大人しくしていなさい」

「……そうします。あ、鷹矢さんそろそろ出る時間ですよ」

まともに起き上がれないのだから、学校になど行ける訳がない。おとなしくベッドに潜り込んだひなたを見届けて、鷹矢が身を起こす。

「私も休むよ。今から朝ご飯を作ってくるから、少し待ってて……」

「駄目です。今日は会議があるんでしょう？　リビングのカレンダーに印ついてるの、僕覚えてますよ」

ひなたは鷹矢の言葉を遮り、頬を膨らませる。本音を言えば、今日は鷹矢に側に居て欲しい。

けれど鷹矢には予定があって、それは多少の事で取りやめてはならない内容だと、ひなたにも分かっている。

「ちゃんとお仕事してきて下さい。でないと僕、吉勝さんに申し訳ないです」

幸蔵のわがままに振り回されて、相手が男と知らず孫を婚約させただけでなく、その婚約者のせいで仕事までサボらせる事になったら、謝って済む所の騒ぎではない。

毅然《きぜん》としたひなたの態度に、鷹矢も気持ちを改めたのか静かに頷いた。

「分かった、仕事に行く事にするよ。何かあったら、すぐに携帯へ連絡するんだよ」

名残惜《なごり》しげに、鷹矢が触れるだけのキスをしてくれる。

「できるだけ早く帰るからね、ちゃんと寝ているんだよ」

「はーい」

やっと思いが通じ合ったのだから、側にいたいと思うのはお互いに同じだ。でも同じ思いでいるのだと分かっただけでも、ひなたとしては嬉しい。

鷹矢が用意してくれた朝食を食べたひなたは、彼を見送ってから再びベッドに横たわる。枕に顔を埋めると、鷹矢の残り香がひなたを優しく包み込む。

今までは一緒に眠っても、残り香なんて全然気付かなかったとひなたは思い出す。

「これが、特別になったって事なのかな」

そう呟いて、ひなたは疲れた体を癒やすために目蓋を閉じた。

数日後の、昼休み。

教室の片隅でお弁当を広げたひなたの横に、さり気なく一華が座った。そしておもむろに顔を覗き込むと、小声で問いかけてくる。

「それで、鷹矢さんとは仲直りしたの？」

「うん」

「よかったね」

にっこりと微笑む一華に、ひなたも笑顔を返した。

事情を知らないとはいえ、今回の件では一華に色々と心配をかけてしまったので、そのうちお礼をしようとひなたは考える。

「じゃあ、あの女の人、彼女じゃなかったんだ」

「そう……って、一華？」

妙な切り返しに、嫌な予感が頭を掠めた。

そして予感は、見事的中してしまう。

「だってひな、鷹矢さんが好きなんでしょう？」

祖父同士が親しくしており、その関係で同居が決まった経緯は話したけれど、婚約話まではしていない筈だ。

——えっ……まさか……そんな訳………。

それ以前に、ひなたが鷹矢を好いている事を一華がどこで知ったのかが、最大の疑問である。

「態度で、ばればれだよ。もしかしてひな、ずっとばれてないと思ってたの？」

「……うん……」

動揺するひなたを、一華が信じられないとでもいうように見つめてくる。

仲間内では一番の天然キャラとされている一華に指摘されただけでもショックなのに、あからさまに驚かれて愕然とする。

「……みんなに話した？」

「言ってないよ。でも、勉強会に参加したメンバーは、気が付いてるんじゃないのかな。聞いてないから、分からないけど」

さらりと返されて、ひなたは頭を抱える。

今のところ、誰も鷹矢との関係を茶化したり推測したりする友人はいない。それが単に興味が薄れただけなのか、影からこっそり進展を見守る方向へシフトチェンジしたのかは、ひなたにも分からなかった。

ともあれ友人達に問いただして余計な騒動を起こしたくないひなたとしては、前者である事を祈るのみだ。

お弁当を抱えたまま青くなっているひなたの隣で、一華がぽつりと呟く。

「でもね、もしもひなが落ち込んだままだったら、僕鷹矢さんに文句を言いに行こうと思ってたんだ」

「一華……」

「こんなに可愛いひなをほっぽって、他の人に目移りするなんて許せないもんね。もし鷹矢さんに変な虫が付きそうだったら、僕に相談してね。なんとかしてあげるから」

「う、うん…」

笑顔で言われて、ひなたは少し引きつりながら頷き返す。一華は心優しく、とても頼れる友人だ。

——怖いよ、一華。

けれど素直に頷けない事も時々あって、ひなたは少し困ってしまう。

気遣ってくれるのはありがたいが、どうも論点がずれているのだ。

「でも多分、大丈夫だよ。鷹矢さん、僕のこと…好きみたいだから」

「ならいいんだけど」

ひなたは一華に気付かれないように、小さく溜息をつく。それは一華に対してでなく、自分の言った言葉に納得できない点があるからだ。

こればかりは、一華に相談できない。

絶対に自分の手で、解決しなくてはならない問題だ。

ひなたは鷹矢の作ってくれた、ハート形のニンジングラッセを口に運ぶ。甘いそれは、喉に引っかかって、ひなたは少しむせた。


初めて抱き合った夜は誤解も解けて、互いの気持ちも確認できたから、ただ嬉しいだけだった。

けれど落ち着いて考えてみたら、やはり鷹矢は自分よりも女の人と結婚した方が幸せなのではと思うようになってしまったのだ。

もちろん鷹矢の事は好きだし、ずっと一緒に居たいと思う。

でもあの日見かけた二人のように、誰もが羨《うらや》む恋人同士にはとても自分ではなれないだろう。

鷹矢とは歳も離れているし、生きてきた環境も違いすぎる。何より鷹矢は、黒正グループを継ぐ人物なのだ。

もしひなたが女性であっても、絶対に鷹矢と釣り合う筈がない。

そんな事を、ここ数日考えていたひなたは、普段よりも少しだけ早く帰宅した鷹矢と夕食を取りながら打ち明けてみた。

突然の告白に、鷹矢はただ困惑の表情を浮かべてひなたを見つめる。

「どうして急に、そんな事を?」

鷹矢にしてみれば、やっと思いが通じ合った相手にいきなり予想外の事を切り出されたのだから、驚くのは当然だろう。

「だって、当たり前じゃないですか。鷹矢さんには、僕よりもっと相応《ふさわ》しい人がいると思うんです」

話していると、胸が痛む。

でもひなたは、言葉を続けた。

「僕は鷹矢さんに、幸せになって欲しいだけなんです」

真面目に訴えるひなたに対して、鷹矢も思いつきで話をしているのではないと分かってくれたのか、真剣な眼差しを向ける。

「私が愛しているのは、ひなただけだよ」

「それは…嬉しいですけど……」

「ひなたが私の事を想ってくれているから、言ってくれてるんだと分かるよ。けれど、頷く事はできないな」

鷹矢はひなたの気持ちを、きちんと理解してくれている。

――嬉しいけど、でも頷いてくれないと意味がないんだよね。

大切だからこそ、鷹矢には幸せになって欲しいと思う。でも自分では、その幸せを鷹矢に与えることは無理なのだ。

「僕だって、鷹矢さんが…好きです。だから…っ」

不意に鷹矢が身を乗り出して、テーブル越しにひなたの唇にキスをした。

わざと音を立てるような軽いキスに、ひなたは頬を染める。

「この話は、もうお終い」

「でも……」

「聞かないよ、ひなた」

優しいけれど、鷹矢の声にははっきりと拒絶が現れていた。仕方なくひなたが口を噤むと、鷹矢が席を立って頭を撫でてくれる。

それだけで気持ちが浮上してしまう自分は、かなり鷹矢に惹かれているのだろうと、ひなたは考える。

「背中、流してくれるかな?」

「はい」

上手くごまかされてしまった気もするが、どちらにしろ今すぐに鷹矢との関係をどうこう出来る訳でもない。

とりあえずひなたは、目先の問題である『お風呂で鷹矢に悪戯をされない対策』を、先決に考えることにした。

4

三限目の授業を受けている最中、突然ひなたは事務室から呼び出された。

「咲月《さづき》、荷物を持って事務室へ行きなさい」

事務員から伝言を受けた教師に指示され、ひなたは首を傾げながら席を立つ。

「えー何でですか?」

「いいから早くしなさい」

教師に急《せ》かされながら鞄に荷物を詰めていると、周囲から小声で話しかけられる。

「どうしたんだろうね?」

「いーな、ひなだけ小テストなしじゃん」

「どうせ来週、放課後居残りでテストだよ……それじゃお先。一華、映画はまた今度でいい?」

「うん」

隣の席の一華に手を振って、ひなたは教室を出た。

そして小走りに、一階の事務室へと向かう。

「咲月さん、こっちよ」

既に事務室の前には職員がおり、急かすようにひなたを手招く。そこには何故か、鷹矢《たかや》の姿もあった。

「あれ、鷹矢さんお仕事は？」

「ひなた、落ち着いて聞くんだよ」

問いには答えず、鷹矢がひなたの肩に手を置く。

真顔の鷹矢に、ひなたは嫌な予感を覚えた。

「祖父から電話があって、幸蔵《こうぞう》さんの容態がよくないらしいんだ」

「おじいちゃんが……」

「今から病院へ行こう」

呆然とするひなたの手から、鷹矢が鞄を受け取り事務員に頭を下げる。言葉もないひなたは、ただ鷹矢の後に従って駐車場へと歩いていく。

鷹矢に促され車の助手席に乗り込むと、ひなたはやっと口を開いた。

「どうして？　容態は落ち着いてるから、もう暫く療養すれば大丈夫だってお医者さん言ってたのに！」

数日前、電話で話をした幸蔵は、呆れるほど元気だった。途中で電話を替わった担当医も、『元気ですよ』と太鼓判を押した程である。

「鷹矢さん！　どうしよう……おじいちゃん……」

混乱するひなたを宥めるように、鷹矢が運転をしながら頭を撫でてくれる。

「幸蔵さんは強い人だから、信じよう。それにひなたの顔を見たら、きっと元気になるよ」

慰めの言葉に、ひなたは頷く。

「おじいちゃん……頑張って……」

ひなたは祈るように、何度もそう呟いた。


学院を出て一時間ほどしてから、二人は病院に到着した。

既にロビーでは看護師が待っており、鷹矢とひなたに頭を下げると、一般病棟ではなく集中治療室へと案内する。

「こちらです」

鷹矢に手を握られたまま、ひなたは病院の廊下をおぼつかない足取りで歩いていく。彼の支えがなかったら、きっと動揺の余り歩けなかっただろう。

「容態はどうなんです？　何故急に、こんな事になったんですか？　お元気だったんでしょう？」

混乱して言葉が出てこないひなたに代わって、鷹矢が矢継ぎ早に質問をする。

「それが……」

申し訳なさそうに話す看護師に、ひなたは頭が真っ白になった。

幸蔵はひなたを早く安心させたくて、勝手にリハビリと称し医師の目を盗んで動き回ったのだという。その結果、持病の高血圧ではなく、普通の風邪を引き込み、更にこじらせたと知る。

「じゃあ幸蔵さんは、血圧から来る病気で、容態が悪化した訳ではないんですね」

「ええ、現在は肺炎になりかけている状況です」

肺炎といえども、抵抗力の落ちた病人には十分危険な病だ。

――嘘…おじいちゃん……。

表面的には冷静を保っていたひなただが、病室へ入り沢山の器具に囲まれた幸蔵を前にして、泣き出してしまう。

「しっかりしろ！　ひなた君が来たぞ！」

既に見舞いに来ていた友人の吉勝《よしかつ》が、幸蔵に声をかける。

「おじいちゃん……」

「…ひな、た……」

信じられない程弱々しい声で自分の名を呼ぶ幸蔵を見て、ひなたは更にパニックに陥った。

「ひなた君、側に行って元気づけてやってくれ。鷹矢もな」

吉勝に言われて、ひなたは幸蔵のベッドに近付き点滴の針が刺さっていない方の手を握る。

「……な……た…わし……が……」

「おじいちゃん？　なに？」

幸蔵は何か言いたげだが、酸素マスクが邪魔をして上手く聞き取れない。すぐに医師が近付いて、問題ないようにマスクをずらしてくれる。

「しっかりしてよ、おじいちゃん！」

「……わしが生きとるうちに…鷹矢君と結婚すると…約束してくれ……」

冷たい手を握り、ひなたは周囲に大勢の人が居ることも忘れて、大声で告げる。

「僕、鷹矢さんと結婚でも何でもするから！　元気になって！」

「本当か…？」

「うん！」

「鷹矢君も……約束してくれるか？」

「ひなた君は、私が責任を持って幸せにしますから。幸蔵さんは、病気を治す事に、専念して下さい」

「そうか……これでわしも、心おきなく……」

満足げに幸蔵が頷き、一同に緊張した空気が走る。

心なしか、握った幸蔵の手に力が籠もった。

――あれ？

だが、全く予想外の出来事が、起こり始めた。

「すごい…数値が下がり始めた」

「脈も安定してきました」

ベッドの脇に置かれた機械を見ていた医師が、驚きの声を上げた。続いて看護師達も、ざわつき始める。

「おじいちゃん……？」

ひなたから見ても、明らかに幸蔵の顔は変化していた。

病室に入った時は、病人そのもので青ざめていたのだが、今は赤く血の気が戻ってきている。

「点滴の量を変えます」

「心電図、完全に平常値に戻りました」

次々に報告される看護師達の言葉に、幸蔵の容態が回復していると分かり、一同はほっと胸を撫で下ろした。

「やっぱりお孫さんの言葉は、どんな薬よりも効くねえ」

感心したように呟いた吉勝の言葉が、この状況を明確に物語っていた。

「…孫の…晴れ姿を見るまでは……死なんぞ！」

ぜえぜえと息を切らせながら幸蔵が叫ぶと、すかさず担当医がたしなめる。

「落ち着いて下さい。折角安定したのに、血圧が上がりますよ」

そんな遣り取りを、ひなたは唖然として見つめていた。

「よかったね、ひなた」

「うん……」

鷹矢に肩を抱かれて、ひなたは頷く。

たった一人の肉親である幸蔵が、持ち直してくれた事は純粋に嬉しい。

——上手く騙されたような気がするのって、僕だけ？

何か釈然としない気持ちを抱えて、ひなたは溜息をついた。


暫く集中治療室は、大騒ぎだった。

オーナーの友人が危険な状態に陥り、そこから一気に回復へと向かったのだから、仕方がないと言える。

一段落して幸蔵が眠ったのを見届けてから、ひなたは病院を出て二人が初めて出会った薔薇園へと向かった。

前とは違い、今は追いかけてきてくれる人がいる。その足音を聞きながら、ひなたは振り返らずに話し出す。

「全く、おじいちゃんてば人騒がせなんだから……」

ほっとしたせいか、つい愚痴が口をつく。

「怒っているのかい?」

「嬉しいけど、納得がいかないんです」

幸蔵が回復してくれた事は、当然嬉しいに決まっている。

けれどあんな状況で、『鷹矢と結婚してほしい』なんて言うのは、ずるいと思う。それは幸蔵の容態がよくなったから言える愚痴だとひなたも分かってはいるが、どうも納得できないのだ。

むくれるひなたの顔を、鷹矢が横から覗き込む。

「ねえ、ひなた」

「何ですか?」

「そんなに私と結婚するのは嫌?」

「ち、違います……」

嫌ではない。

ただ、鷹矢の将来を考えると、素直に受け入れられないだけだ。

——鷹矢さんの事は好きだけど…本当に僕でいいのかな?

好きな相手を不幸にしてしまうくらいなら、身を引くという選択肢をひなたは選ぶ。

急に黙り込んだひなたの手を取り、鷹矢は庭園の奥へと歩き出す。

「そういえば、初めてひなたと会ったのもここだったね」

なんの脈絡もなく話し始めた鷹矢に、ひなたは小首を傾げる。

「とても可愛い子が泣いていたから、声をかけずにはいられなかったんだ」

公園と私有地とを分ける境界のフェンスまで来ると、鷹矢はおもむろに破れ目から私有地へと入った。

「お姫様の機嫌を、直さないといけないね」

「僕は、お姫様じゃありません……それでどこへ行くんですか?」

「秘密の庭だよ」

戸惑うひなたの手を引き、鷹矢が来るように促す。

「こっちは黒正家の私有地だから、大丈夫だよ」

「そうなんですか……」

咎められることはないと分かったひなたは、急いで鷹矢の後に続く。

私有地も病院の庭園と同じように手入れされており、季節の花々が咲き乱れていた。

「昔から両親は留守がちでね。子供の頃は、よくここで一人で遊んだよ」

思い出を懐かしむように、鷹矢が話し出す。

「久しぶりに日本に戻ってきて、懐かしかったからつい足を運んだんだ。そうしたら、誰かの泣き声が聞こえてきてね。驚いたよ」

「それって……僕ですよね？」

思い出すと、今でも顔が熱くなる。

頷く鷹矢を見て、ますますいたたまれない気持ちになった。

初対面の人の前で泣きじゃくるなど、いくら気が動転していたとはいえ恥ずかしくて堪らない。

結果として鷹矢が婚約者だったから良かったが、それでもあの時散々罵倒《ばとう》した事実もあるので、ひなたとしては苦い思い出だ。

しかし鷹矢は、気にした様子もなく話を続ける。

「どうしたら好かれるようにに話しかけられるかとか、そんな事すらも考えられなかった。ただ君に、笑顔になって欲しいと思ったんだ」

「え……」

「改めて考えたら、私はあの時、ひなたが婚約者だって気が付く前に、一目惚れしていたんだよ」

さらりと告げられた言葉がとんでもない告白だと意識するまでに、ひなたは少し時間がかかった。

――鷹矢さんが、僕に一目惚れ？

「嘘っ」

口をついて出たのは、否定の言葉だった。

「嘘なんかじゃない」

怖いくらいに真摯な眼差しを向ける鷹矢に、ひなたはしどろもどろになりながら続ける。

「…だって僕、あの時すごく怒ってて……初対面の鷹矢さんに、すっごく失礼な事言っちゃったし……それに…僕、男ですよ？」

「ひなたの性別なんて、私には関係ないよ。私はひなたという存在を、愛しているんだからね。それと、怒ってるひなたも、可愛かったよ。勿論、笑顔の方が何倍も素敵だけどね」

「鷹矢さん……」

素早く鷹矢が身を屈め、その端正な顔を近づける。目を瞑《つむ》るタイミングを逃したひなたは、目を見開いたまま口づけられてしまう。

――心臓がドキドキして…壊れそう……。

「ひなた、こっちへ来てごらん」

触れるだけの口づけを解いた鷹矢が、頬を染めたひなたの手を引いて、大きな温室へと足を踏み入れる。

中には薔薇が咲き乱れ、ひなたは思わず見とれてしまう。

——わあ…綺麗……。

花の種類名前はよく分からないが、それでも花屋ではなかなか見ない珍しい種類が多いと気付く。

大好きな人と二人きりで、薔薇の咲き乱れる美しい温室にいるなんて何だか、夢を見ているようだとひなたは思う。けれど、これは紛れもなく現実だ。

自分の手を包むように握ってくれる鷹矢の手は温かく、ひなたは無意識に握り返す。

「骨董品の収集と、薔薇集めが祖父の趣味なんだよ。薔薇はともかく、骨董品はあまり目利きじゃないんだけどね」

「……だからおじいちゃんと、趣味が合うんですね」

やっと合点《がてん》が行き、ひなたは鷹矢と顔を見合わせて笑った。ひとしきり笑うと、鷹矢がふと真顔になる。

「今まで私は、自分のためだけに生きてきたけれど、君と出会って初めて誰かのために生きようと思ったんだ」

大げさとも思える告白に、ひなたは目を見開く。

「え…」

「ひなた、君が好きだよ」

「僕も……です…」

言葉に、胸の奥がじんと疼いた。

嬉しいのに、何故か涙が込み上げてくる。

「私と結婚してくれるね」

まだ幾らかの不安は、胸にある。

でもそれを理由に断るのは、もう無理だろう。

「…僕でいいなら」

「もちろんだよ。ひなた」

戸惑いながら頷くと、鷹矢がほっと息を吐く。

「この温室で告白すると、想いが通じるんだと聞いてね。君があんまり嫌がるようなら、ここに連れてこようと思っていたんだ」

「はあ」

「祖父も父も、ここで告白をしたそうだ。そうしたら、何故か上手く話が運ぶようになったと散々聞かされていたからね」

「鷹矢さんの家系は、皆さんロマンチストなんですね。僕はおまじないとか、信じない方ですけど」

素直な感想を述べると、鷹矢は苦笑いを浮かべて誤魔化す。

「……ともかく、君に想いが通じて良かったよ」

「鷹矢さん……」

「愛してる、ひなた」

声に明らかな欲情が混じっていると気付いたひなたは、思い切りうろたえた。

「えっ…ここでするの？」

いくら私有地内の温室と言っても、絶対に人目がないとは言い切れない。もし見つかったらと考えると、冷や汗が止まらなくなる。

慌てるひなたに、鷹矢が意地悪く笑う。

「病院に戻ったら、無理だろう？」

「家まで我慢できないんですか！」

「できない」

きっぱりと言い切り、鷹矢がひなたを強く抱き寄せた。ただでさえ力の差は歴然としているから、こうなるともう逃げられない。

それにひなたも、鷹矢と触れ合うことは好きなのだ。

鷹矢の手はひなたを抱き締めたまま、器用にブレザーを脱がせてネクタイも外していく。ほどなくシャツもはだけられ、素肌に彼の指が触れた。

「ぁ…や、ん」

乳首を弄られて、ひなたは嫌々をするように首を横に振る。

「鷹矢…さん……」

抵抗してみたものの、簡単に押さえつけられてしまう。

「だって…もし、人が来たら…んっ…」

「こっちは私有地だから、誰も来ないよ」

「やんっ」

鷹矢はひなたを小脇に抱えるようにして抱くと、端に置かれていたベンチへと運ぶ。

「嫌ですっ……鷹矢さんのえっち！」

「否定はしないよ。ただエッチになるのは、ひなたにだけだからね」

「そんな宣言、全然嬉しくないです！」

言い合いをする間にも鷹矢の手は動いていて、気が付くとひなたは下半身を剥き出しにされていた。

「わっ」

ズボンと下着を脱がされたひなたは、シャツ一枚を羽織っただけの姿で鷹矢の膝に乗せられた。

鷹矢は巧みにひなたの性感帯をくすぐり、体から力を奪っていく。弱い部分を知られている体はあっという間に陥落して、くたりと鷹矢にもたれてしまう。

「やっ……だめっ…」

抵抗も虚しく、ひなたは両脚を胸に付くほど折り曲げられた。背後から抱き締めてくる鷹矢の手が、中心と後孔に触れる。

もし今、誰かが温室に入ってきたら、恥ずかしい部分は丸見えだ。

「…っく」

「ココが感じるのかな?」

「あっ…違う……ッン」

「じゃあ、別の所がいい?」

後孔に指が入り込み、ひなたはひくりと背筋を震わせた。

――ソコ、駄目なのに…。

濡れていなくても、指くらいなら簡単に受け入れるまでに体は慣らされている。

「どうする？　ひなた……指を抜こうか？」

わざと前立腺を擦りながら、鷹矢が問いかける。

「平気っ…だもん……」

「正直になって良いんだよ」

「っ…ぅ……」

根本から先端へと指が滑り、前後からの刺激に身悶える。もっと強い刺激が欲しいけれど、ひなたは恥ずかしくて言い出せない。

「……だって……あんっ」

真っ赤になって俯くひなたの首筋に、鷹矢が唇を落とす。

「じゃあ正直になれるように、おまじないをしようか」

「え……ん、ふ…」

中心を弄っていた手が上がり、ひなたの頬を捕らえる。後ろを向くように首を傾けられたひなたは、背後から鷹矢に唇を塞がれてしまう。

「…ぁ…ン……」

舌を出して、互いの唾液を絡ませる。

濡れた音が温室に響く。ひなたは苦しい姿勢だけれど気持ちよいキスに、すっかり夢中になった。

「ひ、ぁ……胸…やん…」

「ひなたのココ、ピンク色で可愛いよ。もっと感度がよくなるように、沢山弄ってあげるからね」

「だ…め……」

乳首と後孔を弄られて、ひなたは身悶える。

恥ずかしい言葉に煽られ、体は感度を増していく。

ただでさえ鷹矢の与えてくれる愛撫は心地よくて、少し触られただけでも肌はとろけてしまう。

なのに鷹矢は、まだひなたの体を淫らに変えるつもりでいるのだ。

「…ぁ…あっ」

「私しか見ていないから、言ってごらん」

「あん…そこ……っ…前も…触って……」

もどかしい感覚から解放されたくて、ひなたは胸を触る鷹矢の手を取り、自らの中心へと導いた。

――僕、いますごくエッチになってる……。

既に勃ち上がって先走りの蜜を零していた中心は、鷹矢が握ると歓喜に震える。

「中を弄っただけでも、イけそうだけど……どうする?」

「……何でもいいから…早く……ぁ…ぅ…」

後孔に入ったままの指が、前立腺を押す。

すると射精衝動が込み上げてきて、ひなたは無意識に腰を突きだした。

「折角だから、中だけでしてみようか」

「たかやさ……ひっ、ああ…ッ」

中で指が曲がり、愛撫されて充血した前立腺に強い刺激が与えられた。ひなたは我慢しきれず、勢い良く精を放つ。

「や、ンッ」

「沢山出たね、ひなた。薔薇も栄養をもらって、喜んでるよ」

「……意地悪、言わないで下さいっ」

花壇に飛び散った白濁液から目を背けると、後ろから首筋を軽く噛まれる。

「可愛い、私だけのひなた……」

「ひっンッ…ぁ」

ぐったりとした体を持ち上げられ、ひなたは鷹矢の方を向くように抱き直された。見つめてくる優しい眼差しが嬉しくて、その肩に額を擦り寄せる。

愛し合っているからこそ、多少理不尽な求めにも応じてしまう。恋人同士だけに許されるわがままは、甘く理性を溶かす。

「でも、やっぱり……」

だがどうしても、ひなたには鷹矢に問いたださなくてはならない問題があった。

「まだ何か不安？」

「気になる事があるんです」

「話してくれるね」

黙っていても、鷹矢なら上手く処理してくれるだろうとは思う。けれどひなたの性格的に、見て見ぬふりはできない。

一体鷹矢がどういうつもりでいるのか確認しておかなければ、ひなたとしても結婚への覚悟は決められない。

だから意を決して、鷹矢に問いかける。

「……跡継ぎの事…どうするんですか？」

いくらひなたが頑張っても、子供を産むことは無理である。

ごく一般的な庶民として育ったひなたには、いわゆるお金持ちである黒正家の事情など分からない。

――テレビドラマや小説だと、お金持ちの家には遺産相続とか、跡継ぎ問題といった難問が山積みだもんね。

ひなたが女性だった場合でも別の問題は発生していただろうけど、現状ではそれ以前の問題がある。

「鷹矢さんの跡継ぎですよ。どんなに頑張っても、赤ちゃんは産めませんよ」

不思議そうに見つめてくる鷹矢にもう一度言うと、やっと合点がいったのか大きく頷かれた。

「なんだ、そんなことを心配してたのか」

「そんな事、じゃないですよ！　これは、重大問題です！」

「うちはね、長男や直系《ちょっけい》にこだわらないいんだよ。私の父は、三男だしね」

「へ？」

にこにこと笑って言う鷹矢に、ひなたは拍子抜けしてしまう。

「性格の問題もあるんだろうけど、親族は皆穏やかでね、父の兄弟も後継者争いなんかは一切しないで、今はグループ内の適材適所で上手くやってるよ。誰が受け継ぐのか決めるのはその代の総帥…つまり今なら、私の祖父だけど…これは先祖代々伝わるやり方だから異論は出ないんだ」

　ぽかんとして話を聞いているひなたに、鷹矢が苦笑する。

「珍しいって、私も思うよ。普通は長男が継いでいくものらしいけど、黒正家《こくしょう》は直系が後継者として不適当だったら、遠縁の親族からでも後継者を抜擢《ばってき》するからね」

「もしかして、ずっと海外に住んでた理由って……跡継ぎに指名されたくなかったからですか？」

　ひなたの疑問に、鷹矢は肩を竦めた。

「その通り。でも祖父に一番の決定権があるから、指名されると逆らうのは難しいんだけどね。まあ、不適当だって判断されれば、指名は取り消しになるから適当に仕事をしてたんだけど……」

　鷹矢が言葉を切り、ひなたに軽く口づけた。

「ひなたのために、頑張ってみようかなと思ってる。今はテスト期間だから、落第しないように気を付けるよ」

　ある意味、想像していた以上に鷹矢は大変な立場にいると知り、ひなたは真顔になって彼の手を握る。

「学校を出てもテストが続くなんて、大変ですね。僕だったら絶対逃げますよ。頑張って下さいね」

「……じゃあ、うちの事情は納得してくれたかな？」

「はい」

ひなたは、こくんと頷く。

「で、本題に戻るよ。私は一応グループを継ぐ事になっているけれど、子供がいなくても、親戚から跡継ぎに相応しい子を選べばいいんだよ」

「じゃあ、僕と鷹矢さんが結婚しても……」

「何も問題はない」

あっさり言われて、ひなたは今まで悩んでいたことがばかばかしく思えてくる。

「……早く、言ってくれればよかったのに」

「言ってなかったっけ？」

「ないです……」

「ごめんね」

膨れたひなたに、鷹矢が笑顔で謝る。

上手くごまかされたような、妙な気持ちになったひなたが口を開く前に、先に鷹矢が動いた。

「じゃあこれで、ひなたが気にしてた問題はないね」

「あんっ」

不埒な手がひなたの中心を弄り、消えかけていた熱を再燃させた。このまま上手く終わらせようと思っていたひなたの計画は、見事に打ち消されてしまう。

ひなたを軽く煽った手は、そのままスラックスのジッパーにかかりゆっくりと下げる。着衣の隙間から鷹矢が張り詰めた自身を取り出す様子を、ひなたは凝視してしまう。

「ひなたが可愛い声で鳴くから、もうこんなになった」

「僕のせい？」

「ああ、そうだよ」

屹立した先端には、先走りが滲んでいる。

脈打つ太い雄がこれから自分の中に入れられるのだと考えただけで、腰の奥が甘く疼いた。

「そのまま、いい子にしてるんだよ」

「…うん」

片側の膝を持ち上げられたひなたは、大人しく鷹矢の肩に掴まり体を支える。

恥ずかしさを堪えて頷くと、後孔に先端があてがわれた。

「鷹矢さん、本当に……ひゃあっ」

先端を入り口に何度も擦り付け、先走りを馴染ませていく。もどかしくて、無意識に後孔がひくつき雄をくわえ込もうとして蠢いた。

「…は、ぁ……」

「力を抜いて」

「ん…あぅ……」

ゆっくりと、挿入が始まる。

熱の固まりが入ってくる瞬間は、やはり痛みが生じる。カリの部分が入ってしまえば少しは楽になるのだけれど、今日は解し方が十分でないせいか、半ばまで受け入れても鈍い痛みが断続的に続く。

「あっ……はいって…来る……」

鷹矢の胸に縋り、ひなたは挿入の痛みを堪えた。

「ひなたの中、震えてるよ」

「…ぁ…」

前立腺にカリが当たり、擦られて腰が跳ねる。

けれど達するには刺激が足りず、ひなたはねだるように雄を締め付けた。

狭い肉孔を押し広げている雄の形がよく分かり、思わず頬を染める。逞しい欲望が自分の奥まで入り込み、これから愛してくれるのだ。

「…や……んっ…く……」

鷹矢の手が、背中や脇腹をくすぐるように撫で上げるたびに、ひなたは甘く喘ぐ。

「たかや…さん」

「可愛いよ、ひなた」

「…っん…ああっ」

腰を掴まれ、ひなたの体が僅かに浮いた。そのまま屹立した雄の上に落とされ、衝撃に悲鳴を上げる。

「…んっふ…」

「痛い？」

「……少し…」

滑りが少ないせいか、摩擦が強くて痛むのだ。

戸惑いながらも正直に告げると、鷹矢が頭を撫でてくれる。

「すまなかった、つい急《せ》いてしまったね。じゃあ、楽になれるようにするから、少しだけ我慢してくれるかな？」

「…うん」

決して酷いことはしないと分かっているので、ひなたは素直に頷いた。

「あっ…あっ、ん…」

腰を抱く手が、ひなたを小刻みに揺さぶり始める。

この位なら、痛みはさして感じない。

鷹矢の配慮にほっとして体の力を抜くと、意味ありげな笑みを向けられた。

「先にひなたがイッたから、今度は私の番だね」

「え？」

抱き締める手に力が籠もり、鷹矢がひなたの髪に顔を埋めた。そのまま片手を前に廻して、ひなたの中心を指で押さえ込む。

「ひ、うッ」

痛みよりも驚きの方が強くて目を見開いた瞬間、内部で鷹矢の雄が跳ねた。

「いや、ぁ……」

体内に、鷹矢の精液が流し込まれる。快感に意識を向けていなかったせいか、精液の感触をダイレクトに感じてしまう。

耳に鷹矢の荒い息がかかり、それさえもひなたの快感となる。

「ぁ……アッ」

射精していないにもかかわらず、ひなたは軽い絶頂を迎えていた。ひくひくと肉孔が痙《けい》攣《れん》し、鷹矢の精を呑むように襞が蠢く。

――……奥…熱い、の……。

体内に注がれた精液に、ひなたは目元を染めた。

「これで大分、楽になるよ」

ひなたの締め付けに煽られたのか、鷹矢の雄が再び高まりの兆しを見せる。

確かに流し込まれた精液が潤滑剤代わりとなって、摩擦は減るだろう。けれどひなたは、自身の体の恥ずかしい反応に気付いてしまい、それどころではない。

「鷹矢さん…」

「ん？」

「今の…嫌、です……」

「そうかい？　でもひなたの中は、美味しそうに締め付けているよ」

「あっ…う…」

鷹矢の言うとおり、後孔は断続的に収縮《しゅうしゅく》を繰り返している。

そのたびに内側から泡立つ音が聞こえて、ひなたは恥ずかしくて肌を震わせた。

「だめ…なの……」

「どうして？」

「……だって……」

まさか射精されて感じたなどとは、口が裂けても言えない。なのに体は、未だに精液の感触を楽しむように、後孔をひくつかせている。

「私に射精されて、感じたんだね」

「どうして分かったんですか！　鷹矢さんのばかっ」

「ばかは、酷いな」

わざとらしく眉を顰めた鷹矢が、ひなたを突き上げた。

声もなく仰け反った喉元に、鷹矢が口づけて所有の印を刻む。

「こんなに反応されたら、分からない方がおかしいよ。それに中出しした時のひなたの表情、すごく嬉しそうだったしね」

「いっ言わないで下さい！　そんなこと、知りません！」

「じゃあ、今度は鏡の前でしてみようか？」

「絶対嫌！……あんっ」

興奮したひなたは、つい下腹部に力を込めてしまい、感じて鷹矢の胸に撃沈した。体の反応を知られただけでも恥ずかしいのに、それを口にされて泣き出したくなる。

けれど不思議な事に、鷹矢を嫌いだとは微塵《みじん》も思わない。

なだめるように背中を撫でられ、次第にひなたも落ち着きを取り戻す。

「動いてみる？」

「え……？」

「怖かったら、止めていいから」

鷹矢に促されて、ひなたは拙い動作で腰を左右に揺らしてみた。すると焦れったいような快感が、繋がった部分から生じる。

「は…っふ……」

初めのうちは闇雲に動いていただけだったひなたも、段々と感じる部分に雄を当てる事が出来るようになってくる。

一度やり方を覚えてしまうと、もう体は止まらない。

「ひん、ッ……あ…」

「ほら、ぎゅって締め付けてるのが分かるだろう？　ひなたのココは、すごく悦んでいるよ」

「やんっ」

鷹矢がひなたの手を取って、後孔を探らせる。動いた事で零れた精液が結合部を濡らし、ひなたの指も汚す。

軽く触れているだけなのに、頭の奥がぼうっとなって達してしまいそうになる。

「見てごらん」

「あ…あンッ」

「ピンク色で、綺麗だよ」

腰を支えられた状態で、ひなたは結合部を覗き込んだ。普段ならこんな恥ずかしい事は絶対にしないけれど、今は完全に理性が快楽に負けているので、どんな事でもやってのけてしまう。

――あ、本当だ…。

太い雄を限界までくわえ込み震える後孔は、鷹矢の言うとおり綺麗なピンク色をしていた。その色が余計、卑猥《ひわい》な雰囲気を醸《かも》し出している。

「…こんな恥ずかしいの…だめっ…僕、やっぱり変です……」

「どうしてだい？　私は嬉しいよ」

「鷹矢さん……」

「私で感じてくれているんだろう？」

とても嬉しそうに言われると、ひなたも嬉しくなる。

「そう…ですけど……」

言い淀むひなたの額に、こつんと鷹矢が額を合わせた。

「こんなにね、欲しいと思ったのは、ひなたが初めてだよ。ひなたが感じてくれる姿を見ていると、私も感じるし嬉しくもなる」

「僕も…鷹矢さんが悦んでくれるなら……嬉しい…」

見つめ合う瞳に、お互いの姿が映っている。

それがとても幸せで、ひなたは自分から鷹矢の頬にキスをした。

「鷹矢さんっ…もう、僕……あ、でも…鷹矢さんの服、このままじゃ汚しちゃう…」

「平気だよ。手で押さえていてあげるから、気にせず出しなさい」

射精したくて張り詰めている中心を、鷹矢の手が包み込む。大きな掌だから、零れることは無いだろうと思い、ひなたも安堵する。

「ひなた、一緒に…ね」

「鷹矢…さん……」

高まりが、訪れようとしていた。

その瞬間を一緒に迎えたくて、ひなたは鷹矢に縋り付く。そして鷹矢も、ひなたを強く抱き返す。

激しくなる律動に喘ぐだけのひなただったが、どうしても伝えたい事があって懸命に言葉を紡ぐ。

「あっ…う…鷹矢さ……中に…出して……欲しい…の…」

「感じすぎて、辛くならないか？」

「へ、き…です……」

本当は、少しだけ怖い。

でも鷹矢をより強く感じたくて、ひなたは鷹矢を見つめた。そんなひなたの気持ちが伝わったのか、鷹矢が微笑む。

欲情を滲ませた笑みに見惚れていると、不意打ちで奥を突き上げられた。

「ああっ…ンッ…いくっ……」

激しい律動に、ひなたは堪えきれずに射精する。達して狭くなった後孔を、雄が強引に広げて深い場所まで押し入り熱を注いだ。

ひくひくと震える後孔は、わずかでも精液を零さないように雄を締め付けて離さない。

「…ん…鷹矢、さん…」

「ひなた？」

ったた。

「お腹…熱い……」

頭の中が真っ白になり、何も考えられない。

射精しても継続する快感に、ひなたはただ荒い息をつきながら治まるのを待つしかなかった。

「ん……」

鷹矢も同じだけ感じているのか聞こうとしても、上手く唇が動かない。

そんなひなたに、鷹矢がやんわりと唇を重ねてくれる。

「愛してる……私のひなた…」

「……うん…僕も…大好き……」

途切れ途切れに想いを告げて、ひなたは微笑む。

むせ返るような薔薇の香りの中、二人は辺りが暗くなるまで抱き締め合っていた。

その後、幸蔵の病気は順調に回復へと向かっていた。

楽しみにしていた一時退院はさすがに伸びたものの、担当医が驚くほどに、経過は順調である。

持病である動脈関係は大分落ち着いているので、後は肺炎さえ治まれば平気だと先日連絡があり、ひなたと鷹矢はほっと胸を撫で下ろした。


騒動も一段落した、ある日曜日の朝。

リビングでのんびりとお茶を飲んでいたひなたの横で、電話が鳴り響く。

なんとなく予想が付いたひなたは、すこしだけ口を尖らせながらも嬉しそうに受話器を取った。

「はい」

『おお、ひなた。わしじゃ、元気か?』

「また電話して。安静にしてなくていいの?」

『許可は取ってある!』

偉そうに言う幸蔵は、きっと電話の向こうで無駄に胸を張っている事だろう。その姿が容易に浮かんで、ひなたは溜息をつく。

回復したのはよかったのだが、看護師の目を盗んではこうして幸蔵は電話をかけてくるのだ。

一時退院が先延ばしになって寂しいのは分かるけれど、前科があるのでひなたとしては気が気ではない。

「今度は、無理したら駄目だからね！」

『わかっとる』

「薬もちゃんと飲むんだよ」

『子供じゃあるまいし……』

自分でも口うるさいと思いつつも、幸蔵に釘を刺さずにはいられない理由はちゃんとある。

「この間の時だって、お薬飲まなかったのも原因だって聞いたよ。だからお医者さんの言うこと聞いて、お薬飲んでね」

『そうじゃったかの？』

「全くもう」

すっとぼけるのは、幸蔵の得意技だ。

『鷹矢君とは、仲良くしてるか?』

「うん」

『そうかそうか』

嬉しそうな幸蔵の声に、ひなたは少し赤くなった。

仲良くし過ぎて、毎晩のように激しく求められていると知ったら、さすがに幸蔵もひっくり返るだろう。

「おじいちゃんが治ったら、三人で骨董市に行こうねって話してたんだよ。だから今度こそ、無理しないで治してね」

『ああ、もう無茶はせんよ……なんじゃ、もう休まんといかんらしい……看護師がうるさくてかなわん』

「文句言わないの！　じゃあ、またね」

電話を切ったひなたに、背後から声がかけられた。

「幸蔵さん、大分元気になったみたいだね」

それにひなたは、盛大な溜息で返す。

「おとなしくしててくれれば、いいんだけど……」

久しぶりに鷹矢も休みなのに、朝から幸蔵を窘める羽目になったひなたは、思い切り憂鬱な顔でテーブルに突っ伏した。

「おじいちゃん、ちょっと元気になるとすぐ調子に乗るんだもん」

「幸蔵さんらしいね」

鷹矢も幸蔵の性格を知っているので、苦笑いしか返せない。

「あーあ、看護師さんを困らせてなければいいけど……」

電話のせいで、ひなたの頭の中はすっかり心配事だらけになってしまう。

すると突然、鷹矢真面目な顔で呟く。

「しまった」

「へ？」

きょとんとして鷹矢を見つめると、やけに真剣な眼差しが返されてひなたは息を呑む。

「どうしたんです、鷹矢さん」

「大切な事を忘れていたよ」

「まさか、大事な会議があったとか…？」

「もっと大切な事だよ」

これはただ事でないと感じたひなたは、背筋を正して両手を握り締めた。

「何ですか？」

「婚約指輪を、買いに行かないとね」

一瞬ひなたはぽかんと口を開き、そして満面の笑みを浮かべる。

本当は指輪なんて無くても、ひなたは構わなかったのだけれど、鷹矢の気持ちが嬉しかったから素直な気持ちを口にする。

「はい！」

元気よく返事をして、鷹矢に抱きつく。

「じゃあ、これから行こうか」

これから始まる新しい門出《かどで》を祝すように、空は晴れ渡っていた。

あとがき

はじめましてこんにちは、高峰あいすです。

ガッシュ文庫さんでは、一冊目の本になります。

相変わらず、後書きは苦手です……


まずは恒例の、感謝と謝罪の言葉から書きたいと思います。

編集のT様。はじめてなのに、ご迷惑ばかりかけてすみませんでした！　のろまで、本当にすみません…

挿絵を描いて下さった、みろくことこ先生！　まさかみろく先生に描いて頂ける日が来るなんて、夢のようです。可愛いひなたがＦＡＸで送られて来るたびに、心臓がばくばくしてました！

私を支えてくれる家族と友人達に、大感謝。Ｈさん、Ｋさん、Ｙちゃんいつもありがとう。みんなには、頭が上がりません。

そして、この本を読んで下さった皆様に、お礼申し上げます。

今回のお話は大好きな年の差カップルでらぶらぶという事もあり、書いている最中は、かなりテンション高かったです（笑）。鷹矢とひなたのらぶらぶは、勿論楽しいんですが、個人的にひなたと一華のコンビも大好き。ちまい子達が、きゃわきゃわ騒いでる様子を想像するだけで、すっごく和みます。……和み具合は、子犬がじゃれ合っているのと、同じようなものかもしれない。

さてそれではこの辺で、失礼致します。改めまして、最後まで読んで下さった皆様に感謝致します。

それではまた、お会いできる日を楽しみにしています。

ただいまー
おかえりなさい！
ごはんにしますか？
お風呂にしますか？
それとも…
パタ…
遅くなって悪かった…
…ね
ちゅー
え？
放課後は♥フィアンセ
Short Comic
みろくことこ

ちゅ
は…
た…
たかや…さん
は
はふ
ただいまの
キス
くす
もっ
も〜
それは僕がっ
「それとも
おかえりなさいの
キス?」って
聞こうとしたのに〜〜
ポカ
ポカ
ん〜
じゃあ
帰ってくる所から
やり直そうか
バカップル…。

じゃなくてぇ
それでごはんにします？お風呂にします？
ああ
そうだった
じゃあ食事にしようかな
お風呂が
……
お風呂がいいですよ！
スイ
ギクッ
…何？
何があった？
あ
だめ
だっ
め──っ
ガチャ
…おや

がちゃ…
あ——
ぐ
空巣…じゃないみたいだね
大掃除？
週末いっしょにやったのに
水くさいな
…う
……だって週末は
デートするって

…そ
それに ひとりで 待ってるのも
退屈 ですから…
おん
ひなた
ごめんね
た
鷹矢《たかや》さん…
ちゅ♥

ね？
食事にしよう
そのあと
二人で片付けよう
え
でも
鷹矢さん
お疲れで…
いいから
いいから
ふたりの家なんだ
協力しよう？
もしかしたら
へそくりが
見つかるかも
しれないし
模様替えを
考えるのも
いいかもしれない
…そういえば
元々こうでした
ものね…
ね

デートの時に
アンティークの
家具を見ようか
それで
ふたりの好みに
入れ替えよう
ふたり…の？
そうだよ
ふたりかあ…
そうだ
いっそ
住宅展示場に
する？
へっ

あの 鷹矢さ
今から 土地を探して
いい設計士が 友人にいるから 頼んで
何から何まで 君と私の 趣味にして
は
色々相談しながら 建てても 君の卒業には 間にあうんじゃないかな
なんだかとっても大がかりなことに…
た… たかやさ…
へっ
どうだろう
風呂で ゆっくり 相談するのは
ニヤ…
かあああ。。。
も〜っ
ゴハンたべてください!
あっ そうだね
★END★

ご一緒できてうれしかったです！
この後
「夏休みもフィアンセ♡はじめての旅行編」とか
「どきどき♡フィアンセと三者面談」とか
「フィアンセといけない社会見学♡」とか
そんなの希望してます
みろくことこ

KAIOHSHA ガッシュ文庫

放課後は♥フィアンセ
（書き下ろし）
Short Comic
（描き下ろし）

放課後は♥フィアンセ
2006年8月10日初版第一刷発行

著　者■高峰あいす
発行人■角谷　治
発行所■株式会社 海王社
〒102-8405
東京都千代田区一番町29-6
TEL.03(3222)5119(編集部)
TEL.03(3222)3744(出版営業部)
印　刷■図書印刷株式会社
ISBN4-87724-537-5

高峰あいす先生・みろくことこ先生へのご感想・ファンレターは
〒102-8405 東京都千代田区一番町29-6
（株）海王社 ガッシュ文庫編集部気付でお送り下さい。

ガッシュ文庫

小説原稿募集のおしらせ

ガッシュ文庫では、小説作家を募集しています。
プロ・アマ問わず、やる気のある方のエンターテインメント作品を
お待ちしております！

応募の決まり

[応募資格]

商業誌未発表のオリジナルボーイズラブ作品であれば制限はありません。
他社でデビューしている方でもＯＫです。

[枚数・書式]

40字×30行で30枚以上40枚以内。手書き・感熱紙は不可です。
原稿はすべて縦書きにして下さい。また本文の前に800字以内で、
作品の内容が最後まで分かるあらすじをつけて下さい。

[注意]

・原稿はクリップなどで右上を綴じ、各ページに通し番号を入れて下さい。
また、次の事項を１枚目に明記して下さい。

タイトル、総枚数、投稿日、ペンネーム、本名、住所、電話番号、職業・学校名、年齢、投稿・受賞歴（※商業誌で作品を発表した経験のある方は、その旨を書き添えて下さい）

・他社へ投稿されて、まだ評価の出ていない作品の応募（二重投稿）はお断りします。

・原稿は返却いたしませんので、必要な方はコピーをとって下さい。

・締め切りは特別に定めません。採用の方にのみ、３カ月以内に編集部から連絡を差し上げます。また、有望な方には担当がつき、デビューまでご指導いたします。

・原則として批評文はお送りいたしません。

・選考についての電話でのお問い合わせは受付できませんので、ご遠慮下さい。

※応募された方の個人情報は厳重に管理し、本企画遂行以外の目的に利用することはありません。

宛先

〒102−8405　東京都千代田区一番町29−6
株式会社 海王社　ガッシュ文庫編集部　小説募集係